Deseo

PRINCESA ATRAPADA

OLIVIA GATES

HARLEQUIN™

Editado por HARLEQUIN IBÉRICA, S.A.
Núñez de Balboa, 56
28001 Madrid

Princesa atrapada, n.º 2016 - 24.12.14
Título original: Seducing His Princess
Publicada originalmente por Harlequin Enterprises, Ltd.

I.S.B.N.: 978-84-687-4802-3
Depósito legal: M-26450-2014
Editor responsable: Luis Pugni
Impresión en CPI (Barcelona)
Fecha impresion para Argentina: 22.6.15
Distribuidor exclusivo para España: LOGISTA
Distribuidor para México: CODIPLYRSA
Distribuidores para Argentina: interior, BERTRAN, S.A.C. Vélez Sársfield, 1950. Cap. Fed./ Buenos Aires y Gran Buenos Aires, VACCARO SÁNCHEZ y Cía, S.A.

Prólogo

Seis años atrás

Mohab Aal Ghaanem sintió que el corazón se le encogía. Najeeb había vuelto y Jala había ido a verlo.

Aunque durante meses había hecho todo lo que estaba en su mano para evitarlo y así lograr su misión de mantenerlos separados, el retorno de Najeeb solo le dejó la opción de prohibir a Jala que lo viera.

¿Pero qué razón podía darle para impedir que viera a su primo y príncipe heredero? ¿Que estaba celoso?

Jala se había quedado atónita. Con suerte, habría creído que se debía a que no confiaba en ella, o como muestra de que no era tan progresista como le había hecho creer. Con ella, la libertad y la independencia eran temas delicados, pues odiaba a los «dinosaurios represivos» que predominaban en su cultura.

Pero podía haber sido aún peor, y que Jala se hubiera dado cuenta de que había otros motivos por los que le impedía ver a su mejor amigo, que era lo cierto.

Así que había tenido que rendirse y dejarla ir a aquel reencuentro... Del que todavía no había vuelto.

Tampoco había dicho que fuera a hacerlo, y parecía lógico que, teniendo una reunión a primera hora del día siguiente cerca de su casa, en Long Beach, pasara allí la noche. Mohab había estado tentado de ir allí a esperarla, pero, aunque tenía las llaves, sabía que Jala se las había dado más como un gesto de confianza que para que las usara. Por otra parte, se repitió Mohab, probablemente no había ningún motivo para estar preocupado.

B'Ellahi... ¿Por qué estaba tan nervioso? Jala había accedido a casarse con él. Era suya en cuerpo y alma. Él era su primer y sería su único amante. Tenía que dejar de preocuparse por el origen de su relación cuando ya había pasado tanto tiempo: no debía haberse obsesionado con alejarla de Najeeb después de haber conseguido su objetivo. Pero aunque Jala ya le resultaba entonces atractiva, no había calculado hasta qué punto se enamoraría de ella.

Se alejó de la ventana, desde la que, estando en el piso sesenta, apenas se divisaba la calle. Y aun así, Mohab estaba seguro de que habría podido distinguir a Jala.

Desde que la había visto, se había convertido en el centro de todo, incluso cuando debía haberse concentrado en otras cosas. Como durante la crisis de los rehenes, cuando le habían enviado a salvar a Najeeb y la había salvado a ella.

Najeeb. Siempre Najeeb.

Mohab había mantenido a su primo alejado de Nueva York y de Jala todo lo posible. De haberlo intentado por más tiempo, Najeeb habría sospechado. Y puesto que solo un puñado de personas tenía el poder de mantener al príncipe heredero de Saraya en movimiento, su padre, el rey Hassan, sus hermanos y él mismo, Mohab, Najeeb habría llegado a sus propias conclusiones.

Por eliminación, solo Mohab, como jefe del servicio secreto del reino, tenía la habilidad y los medios para invadir la privacidad de Najeeb, cambiar sus planes y reorganizar su agenda a su antojo. De ahí a que concluyera la razón de su comportamiento, solo había un paso.

Así que Mohab se había visto obligado a dejar que su primo volviera, y que Jala fuera a verlo. Aquella mañana, a las nueve. Hacía once horas.

¿Por qué tardaba tanto?

Tenía que dejar de darle vueltas. ¿Por qué no la llamaba antes de volverse loco por la sospecha?

Eso hizo; pero había saltado el buzón de voz. Una y otra vez.

Tras una hora más sin noticias de Jala, decidió ir a buscarla.

Para cuando llegó, tenía los nervios a flor de piel. ¿Y si estaba desmayada, o si había tenido un accidente y no podía contestar el teléfono? ¿Y si habían entrado a robar? Jala era tan hermosa. ¿Y si algún hombre la había seguido hasta su casa?

Entró y supo al instante que Jala estaba dentro. Podía percibir su presencia.

Corrió al piso de arriba. Al acercarse al dormitorio le pareció oír gemidos procedentes del cuarto de baño.

Mohab entró precipitadamente. Jala estaba en la ducha, mirando hacia la puerta. Y lo vio al mismo tiempo que él a ella.

Abrió lo boca y Mohab supuso que emitió un grito, pero no pudo oír nada por encima de la cacofonía que dominaba en su mente y del chorro de agua. Solo era consciente de que Jala estaba allí, y a salvo.

Y automáticamente, Mohab se quitó la ropa para poder comprobar las dos cosas.

En segundos, estaba dentro del cubículo de la ducha, abrazándola, hundiendo sus dedos en su cabello, estudiando su rostro, por el que corría el agua caliente. Aquel cuerpo, aquel olor, aquel rostro, habían dominado sus fantasías desde el instante que la había conocido y reclamado. Como ella lo había reclamado a él. Durante los últimos cinco meses, cada beso, cada caricia, habían incrementado su deseo. Su hambre era insaciable.

–Mohab…

Le selló la boca a Jala con un beso. Necesitaba poseerla, asegurarse de que era toda suya. Deslizó la mano entre sus muslos y buscó su centro; encontró con los dedos sus húmedos pliegues, y sentirla húmeda y caliente lo llevó al límite. Sabiendo que a Jala le encantaba la ferocidad de su deseo, la tomó por las nalgas y enredó sus piernas alrededor de sus caderas a la vez que la besaba apasionadamente y buscaba la entrada a su cueva.

El gemido profundo que arrancó de su garganta al penetrarla de un movimiento encontró eco en el suyo. Luego retrocedió, pero solo para profundizar aún más, buscando disolverse en ella y sabiendo que la haría enloquecer. Los gemidos de ambos se mezclaron. Mohab se sintió al borde del clímax, percibió los temblores de Jala y supo que debía darle la cadencia precisa para que lo alcanzara. Y Mohab se la dio, acelerando e incrementando la fuerza de sus embates, hasta que Jala se sacudió entre sus brazos entre gemidos de placer, al tiempo que él estallaba con una violencia que no había experimentado nunca antes, sintiendo su semilla caliente recorrerle el miembro y proyectarse en las profundidades de Jala.

Cuando finalmente remitió la intensidad de sensaciones, Mohab estaba tan saciado y exhausto que apenas podía tenerse en pie. Jala había colapsado en sus brazos, como hacía siempre. Él se deslizó hacia el suelo, acariciándola y besándola, susurrándole palabras de adoración.

Luego la sacó en brazos de la ducha y se secó tras secarla a ella. Cuando iba a tomarla en brazos para llevarla a la cama, Jala se separó de él, tambaleante, y tomó un albornoz.

Mohab se recriminó ser tan insensible. Había irrumpido allí, asustándola, le había hecho el amor frenéticamente, y solo era capaz de volver a hacerle el amor.

Se puso los calzoncillos al tiempo que Jala se volvía hacia él.

–¿A qué se debe todo esto?

Mohab oyó la severidad en su voz y la percibió en su mirada, algo que jamás había pasado antes. Súbitamente preocupado, dijo a su vez:

–¿No es evidente?

–Para mí, no. ¿Por qué has venido?

Perturbado por la frialdad que Jala destilaba, Mohab le contó lo que podía.

–Y entonces he visto que estabas a salvo y, como siempre, te he deseado violentamente –intentó arrancarle una sonrisa–. Encontrarte desnuda me lo ha facilitado.

–¿Así que has pensado que podías irrumpir aquí y hacer conmigo lo que quisieras?

La áspera acusación golpeó a Mohab. Nunca había visto a Jala enfadada con él. Y que aquel tuviera que ser el primer día…

–Has disfrutado de cada segundo –dijo, notando que la voz se le endurecía–. Has estallado con tal violencia que casi me explota la cabeza.

Jala se encogió de hombros, sin molestarse en contradecirlo. Pero su mirada se endureció.

–La cuestión es que no has tenido en cuenta lo que pudiera querer. Tus tácticas de dominación son cada vez más evidentes.

–¿A qué te refieres?

–A tus continuas manipulaciones, incluida la de impedirme ver a Najeeb. ¿Crees que no lo había notado? Pues te equivocas. Actúas muy sutilmente, pero tras cada caricia, he intuido tus maniobras.

Mohab se dijo que, o bien Jala era más astuta de lo que había creído, o que ella lo debilitaba tanto como para haber abierto una grieta en las habilidades de ocultación que empleaba en su vida profesional.

Pero no podía sincerarse ni decirle por qué se había puesto en contacto con ella originalmente, ni cómo había conseguido mantener a Najeeb alejado, o por qué. No podía arriesgarse a desvelar su misión. Ya tenían bastantes cosas en contra de la relación como para crear problemas internos. La prolongada disputa entre sus familias era casi un obstáculo insalvable. Debía negar toda responsabilidad. Se jugaban demasiado.

–¿Por qué iba a querer impedir que vieras a Najeeb?

Jala le dirigió una mirada airada antes de dar media vuelta y marcharse. Atónito, Mohab se quedó mirándole la espalda y sintió un nudo en el estómago.

Terminó de vestirse y la siguió al dormitorio, angustiado. Se acercó a Jala, que estaba en el otro extremo de la habitación. Con unos vaqueros y una camiseta, y con su magnífico cabello negro cayendo en cascada, estaba espectacular.

–Siento haberme dejado llevar –empezó–. No pensé que te importara. Estaba tan preocupado que…

–Podía haberte obligado a parar, así que déjalo estar.

–Si estás enfadada conmigo –dijo él, plantándose delante de ella y acariciándole la mejilla–, te pido perdón, *ya habibati,* si crees que no tengo en cuenta tus deseos. No lo pretendía y…

–Calla –dijo ella, exasperada–. Da lo mismo. De hecho, es una buena oportunidad para decirte lo que llevo posponiendo mucho tiempo.

–¿El qué?

–Que tenía mi capacidad de juicio alterada cuando acepté tu proposición de matrimonio.

Mohab sintió que el corazón se le paraba.

–¿A qué te refieres?

–A que estaba aturdida y embriaga tras hacer el amor por primea vez, además de sentirme agradecida porque me hubieras salvado la vida. Así que cuando me pediste en matrimonio dije que sí. Desde entonces he querido echarme atrás, pero no me lo has permitido.

Mohab sacudió la cabeza como si quisiera despertar de una pesadilla.

–¿Por eso te resistías a hacer pública nuestra relación? ¿No porque temieras la reacción de nuestras familias, sino porque dudabas?

–No se trata de dudar. Estoy segura de que no quiero casarme.

¿Era eso, un caso de fobia al compromiso? Mohab sabía cómo ayudarle a superarla. Suspiró aliviado.

–Comprendo tu inquietud. Has luchado por tu independencia y debes temer perderla si te casas. Pero yo jamás te arrebataré la libertad –al ver la mirada de incredulidad de Jala, Mohab insistió–. Si has sentido que imponía mi voluntad, o te he presionado para comprometerte, dímelo y esperaré hasta que estés lista.

–Nunca estaré lista para casarme contigo.

Mohab la miró atónito ante la ferocidad con la que había expresado su rechazo.

Apenas veinticuatro horas antes creía que todo era perfecto entre ellos. ¿Cuándo se había acumulado aquel amargo resentimiento? Solo había una conclusión posible. La peor de todas.

–¿Has recibido una oferta mejor?

Jala dio media vuelta. Mohab habría querido abalanzarse sobre ella, rugir que no podía hacerle eso. Pero permaneció paralizado con los puños apretados y el corazón latiéndole desbocado.

Se obligó a continuar hablando aunque sus labios parecían querer frenar sus palabras:

–Puesto que acabas de ver a Najeeb, asumo que finalmente te ha hecho la proposición.

Jala se inclinó para tomar su ordenador portátil, como si quisiera demostrar que ya lo había borrado de su vida.

El dolor se transformó en furia; todas las sospechas que había intentado desterrar se confirmaron. Mohab continuó:

–Najeeb se fue y al pensar que no volvería decidiste mantenerme como un posible plan B. Y ahora que te ha hecho la propuesta que tanto ansiabas, la que te convierte en futura reina, ya no me necesitas para nada.

Jala lo miró como si fuera un desconocido.

–Había confiado en que nos separáramos civilizadamente.

–¿Civilizadamente? –clamó él como una bestia herida–. ¿Pretendes que me eche a un lado y te deje casarte con tu primo?

–Confío en que sepas que no tienes ningún poder sobre mis decisiones.

Mohab creyó enloquecer de dolor y de rabia.

–No puedes prescindir de mí e irte con él. Najeeb retirará su oferta en cuanto le explique que te hecho… inadecuada como princesa. Que hicimos el amor frenéticamente durante cinco meses, que te poseí incluso después de que lo aceptaras a él.

Jala lo miró con un desprecio que fue como una puñalada en el corazón de Mohab.

–Confiaba en que te tomaras mi decisión como un caballero. Pero me alegro de ver hasta qué punto puedes ser cruel y deshonesto. Ahora sí que no me cabe la menor duda de que he tomado la decisión correcta.

Mohab sintió la sangre en ebullición cuando ella dio media vuelta para marcharse.

–¿De verdad crees que puedes acabar conmigo así?

Al oír su amenazadora pregunta, Jala se volvió al llegar a la puerta.

–Así es. Y espero que no empeores más las cosas.

Mohab se aproximó, arrastrando los pies como sentía que arrastraba el alma.

–*B'Ellahi*… me amabas… Lo has dicho… Lo he sentido.

–Sea lo que sea lo que he dicho o lo que has creído sentir, se acabó. No quiero volver a verte nunca más.

–Puede que sientas eso ahora mismo, Jala, pero eres mía. Y te juro que, más tarde o más temprano, te reclamaré y conseguiré que me supliques que te haga mía.

–Nunca he sido tuya. Si crees que tienes algún derecho sobre mí, te pagaré por haber salvado mi vida, pero no con mi propia vida.

Mohab le posó las manos en los hombros a Jala.

–Pienso destrozar a Najeeb antes de permitir que te tenga. Acabaré con cualquiera que se acerque a ti.

La mirada de Jala destiló desprecio.

–Ahora sé por qué te llaman El Aniquilador –apelativo que se había ganado por su destreza para acabar con conspiraciones y organizaciones terroristas–. Destrozas a todo aquel que se convierte en un obstáculo para tus objetivos. Por no mencionar a cualquiera que se acerca a ti.

Mohab sintió que se le encogía el corazón. Jamás hubiera creído que Jala pudiera usar aquel argumento contra él.

La aversión con la que Jala sacudió los hombros para librarse de sus manos le demostró que aquel era el final. Todo lo que habían compartido y lo que había pensado que representaban el uno para el otro, había sido producto de su imaginación.

Antes de desaparecer de su vida, Jala susurró:

–Búscate a otra persona que desee morir.

Capítulo Uno

En la actualidad

–¿Es que deseas morir?

Mohab casi rio al ponerse en pie para saludar al rey de Judar. Era irónico que lo primero que dijera Kamal Aal Masood fuera tan parecido a las últimas palabras que le había dedicado su hermana menor.

De no haber nacido con doce años de diferencia, los dos hermanos se parecían tanto que podían haber sido gemelos. El parecido era inquietante.

Dada la histórica enemistad entre los dos reinos, Mohab solo había visto a Kamal de lejos; la última vez el día de su boda, cinco años y medio atrás. Pero Mohab no había entrado en Judar por ver al nuevo rey, sino a Jala. Lo que no anticipó fue que Jala no acudiera a la boda de su hermano.

Como no había calculado la impresión que le iba a producir verlo de cerca. La similitud entre los dos hermanos era tal que sintió una presión en el pecho. Tenían el mismo cabello negro azabache, ojos de color miel y la misma estructura ósea. Solo se distinguían por la constitución. Kamal casi doblaba en tamaño a Jala, pero tenía la misma gracia felina en sus movimientos. Mientras que Jala personificaba a una princesa de cuento; Kamal era el epítome de un guerrero del desierto.

A sus cuarenta años era uno de los hombres más influyentes del mundo. Una sucesión de dramas y escándalos familiares que habían puesto en peligro la región y que habían obligado a renunciar al trono a sus dos hermanos mayores, lo había colocado en esa posición.

En aquel instante, sus ojos refulgían con un brillo intimidatorio por el que era famoso.

–¿Qué te hace reír, Aal Ghaanem?

–Tus palabras de saludo sobre mi deseo de muerte me han recordado a las de otra persona –al ver el gesto enfadado de Kamal, Mohab añadió–: ¿Crees que encuentro divertido ser escoltado hasta ti como si fuera un prisionero de guerra?

En realidad, había esperado encontrarse en una situación aún más difícil, dado el grado de tensión que habían alcanzado las relaciones entre Saraya y Judar. De hecho, el día anterior, su rey prácticamente había declarado la guerra a Judar durante una rueda de prensa retransmitida desde una cumbre de las Naciones Unidas. Que Mohab, príncipe de Saraya, segundo en la línea de sucesión tras el rey y sus descendientes, se presentara sin previo aviso en Judar, era una maniobra arriesgada; especialmente tratándose de quien había sido jefe de los servicios secretos de Saraya. Había esperado que lo devolvieran en el primer vuelo a Judar; o incluso que lo arrestaran.

Improvisando, había alegado que el príncipe Kamal lo esperaba para tratar de un asunto delicado, lo que había obligado a los oficiales de aduanas a consultar con el palacio real. Mohab había asumido que Kamal ordenaría su expulsión, pero al cabo de unos minutos, una docena de agentes del servicio secreto lo escoltaba a palacio.

Que lo consideraran tan peligroso le resultó halagador.

–Así que la mención de la muerte te parece divertida. Te creía más prudente. ¿Acaso no sabes que Judar no es el hábitat de tu especie?

Su especie, Aal Ghaanems; enemigos mortales de los Aal Masoods.

–Te repito: ¿acaso deseas la muerte? –insistió Kamal–. ¿No sabes que ahora más que nunca, una figura preeminente de Saraya no es bien recibida en Judar y puede despertar nuestro deseo de venganza?

Mohab se llevó una mano al corazón.

–Me emociona que te importe tanto mi seguridad. Pero te aseguro que no he pretendido ofender a nadie.

–Excepto a mí. Has llegado sin avisar, has aterrorizado a mis súbitos, me has obligado a dejar lo que me ocupaba para averiguar qué haces aquí... ¿Te envía tu rey porque teme que decida finalmente destronarlo, tal y como debía haber hecho hace tiempo?

–¿Qué insinúas, que estoy aquí para asesinarte? –Mohab resopló–. Puede que me gusten las misiones imposibles, pero no tengo intención de suicidarme. Y el servicio de seguridad me ha cacheado meticulosamente.

Kamal lo miró con severidad.

–Por lo que sé, podrías acabar con mi guardia de seguridad con las manos atadas a la espalda.

–Me halagas, rey Kamal. Necesitaría al menos una mano libre.

Por la forma en que Kamal le miró, Mohab supo que lo creía capaz de eso y de mucho más, y que no le gustaba su tono de broma.

–Si alguien es capaz de entrar con las manos vacías en un palacio, hacerlo estallar y escapar sin un rasguño, eres tú.

–Si temes que te asesine, ¿por qué me has hecho llamar?

–Porque siento curiosidad.

–¿Tanta como para dejar que se acerque a ti un arma letal? Ser rey debe de ser muy aburrido.

–No tienes idea –dijo Kamal con un resoplido–. Ni sabes la suerte que tienes. Ser príncipe sin correr el riesgo de llegar al trono, ser un profesional al mando de las fuerzas secretas, tener el lujo de dejarlo para seguir una carrera independiente... Y enfatizo lo de «independiente».

–Mientras que tú eres el rey de un reino que has engrandecido, y un líder respetado con poder ilimitado, además de tener una familia maravillosa.

–Si no fuera por mi mujer y mis hijos, me cambiaría por ti.

Mohab estalló en una carcajada.

–Lo último que esperaba al venir era que acabáramos expresando la envidia que sentimos el uno por el otro.

–En otras circunstancias, te habría ofrecido cualquier cosa para tenerte a mi lado y contar con tus habilidades. Es una lástima que estemos en lados opuestos y sin posibilidad de tender ningún puente.

Mohab aprovechó la oportunidad que le dio aquel comentario.

–Por eso estoy aquí, no solo para tender un puente, sino para acabar con la división.

Kamal frunció el ceño.

–¿Desde cuándo eres embajador de soluciones políticas?

–No vengo como embajador, sino por propia iniciativa. Yo soy la solución.

La declaración de Mohab fue recibida con una mirada impenetrable. Hasta que Kamal dijo:

–Es raro, pareces demasiado sólido –Mohab rio ante la broma de Kamal, y este estalló en una risotada–. No puedo perder el tiempo, así que espero que lo que dices tenga algo de verdad o acabarás en el calabozo.

–¿Es esa la manera de dirigirte al hombre que puede proporcionarte Jareer?

Kamal le apretó el brazo.

–Basta de circunloquios. Explícate deprisa o...

–Deja de amenazarme. Estoy aquí para mejorar la relación entre nuestros reinos, y nadie quiere hacerlo más deprisa que yo.

–Tienes diez minutos.

–Veinte –antes de que Kamal continuara regateando, Mohab añadió–: No te molestes en decir quince.

Kamal lo miró detenidamente antes de decir:

–Como hijo único te faltó un hermano mayor que te diera un cachete a tiempo. Estoy a punto de rectificar esa carencia.

Mohab sonrió.

–¿Crees que podrías conmigo?

–No lo dudes –dijo Kamal.

Y dando media vuelta, fue hacia una zona con sillones mientras Mohab creyó intuir que intentaba ocultar una sonrisa para no admitir la afinidad que había surgido entre ellos.

En cuanto Mohab se sentó frente a él, Kamal preguntó:

–¿Que te hace pensar que puedes entregarme Jareer cuando ya me pertenece, Príncipe Solución?

Mohab estalló en una carcajada. Decididamente, encontraba a Kamal extremadamente ingenioso. Este reprimió una sonrisa.

–No hay ninguna ley que prohíba a un Aal Masood sonreír a un Aal Ghaanem, ¿sabes?

Kamal frunció los labios.

–Puede que la introduzca yo. Si sigues así vas a conseguir que la disputa entre Judar y Saraya sea aún más irresoluble.

–Está bien, volvamos a Jareer, conocida eufemísticamente como nuestra región en litigio.

–Más conocida actualmente como nuestra futura zona de guerra –concluyó Kamal.

Mohab estaba allí precisamente para evitarlo.

Jareer había estado bajo el dominio de Saraya durante siglos, pero los últimos monarcas no habían tenido suficiente visión estratégica, habían centralizado el poder y habían abandonado las regiones periféricas. Jareer, que hacía frontera con Judar, había sido considerada siempre como terreno inútil porque carecía de recursos, y traicionera, porque sus ciudadanos simpatizaban con el enemigo. Así que cuando Judar reclamó Jareer, contando con el beneplácito de su población, el abuelo de Mohab, el rey Othman, lo había considerado más que una pérdida una liberación.

Pero cuando el tío de Mohab, el rey Hassan, alcanzó el trono de Saraya, reavivó el antiguo conflicto con Judar y eligió como asunto preferente la recuperación de Jareer. Y no porque sospechara de su futura importancia, sino para castigar a sus habitantes y como excusa para incomodar a los Aal Masoods.

Sin embargo, hacía dos meses se había descubierto petróleo en Jareer, y la situación había cambiado radicalmente, pasando de ser un conflicto latente entre dos monarquías a una lucha encarnizada por el poder y la riqueza. En una guerra entre los dos reinos, Saraya estaba en situación de inferioridad.

Solo Mohab tenía el poder de evitar aquella catástrofe, al menos teóricamente. Para ello, tendría que contar con la buena voluntad de Kamal y con su deseo de evitar la guerra, aunque se supiera seguro vencedor. Si era el más grande de los reyes no era ni por ser conservador ni por haber buscado la prosperidad de su reino a costa de la destrucción de los demás.

–Espero que después de tanto mirarme seas capaz de pintar mi retrato de memoria.

La broma de Kamal sacó a Mohab de su ensimismamiento.

–Disculpa, me recuerdas tanto a alguien que…

–¿La persona del deseo de muerte? –cuando Mohab asintió, Kamal añadió–. Y yo que me creía excepcional.

–Y lo eres. También la otra persona.

Kamal se inclinó hacia adelante con gesto de impaciencia.

–Todo esto está muy bien, pero tengo una cita con mi mujer en una hora, y preferiría llegar tarde a mi propio funeral que a un encuentro con ella. Si no hablas, puede que adelante el tuyo.

–Está bien: soy el heredero del trono de Jareer.

Kamal enarcó las cejas. Ni él ni nadie podía haber adelantado aquello. Mohab explicó:

–Durante siglos, Jareer fue territorio independiente, y la tribu de mi madre, los Aal Kussaimis, la gobernaron hasta hace ciento cincuenta años. Pero cuando mi tatarabuela se casó con una Aal Ghaanem, se firmó un tratado de anexión a Saraya con plena autonomía para Jareer mientras se mantuviera bajo el poder de Saraya, y con cláusulas de secesión en el caso de que los términos del acuerdo se incumplieran.

Cuando Jareer se vio de nuevo independiente durante el reinado de mi abuelo, no se molestó en ejercer los derechos de secesión. Entonces Judar le ofreció su protección. Pero en realidad, Jareer no pertenece ni a un país ni a otro, sino a mi tribu materna. Podría haberte traído los documentos que lo prueban y que se remontan a hace miles de años, pero después del error cometido ayer, he decidido intervenir precipitadamente, y no he podido prepararlos para este encuentro.

Kamal parpadeó como si saliera de un trance.

–¿Esa es tu solución? ¿Proponer a los Aal Kussaimis como los dueños originales? ¿No sería una forma de ampliar la disputa?

–En realidad, pretendo terminarla. El derecho de los Aal Kussaimis está por encima del de los Aal Ghaanems y los Aal Masoods. Cualquier corte internacional lo reconocería así.

Kamal observaba a Mohab con gesto concentrado.

–Si fuera así, ¿no debería hablar con el más anciano de la tribu? Tú solo debes tener…

–Treinta y ocho años. Es cierto que no soy el más anciano, pero sí el miembro de más alto rango por mérito propio. El año pasado me eligieron líder de la tribu, lo que me convierte en el rey de Jareer.

Kamal bajó los ojos, lo que puso de manifiesto su sorpresa. Cuando alzó la mirada parecía tranquilo, pero no consiguió engañar a Mohab, que casi podía oírle pensar.

–Interesante. Así que te ofreces como el Rey Solución. Pero, aunque demuestres lo primero, ¿qué propones hacer para lo segundo?

–Es evidente.

–Para mí no lo es.

Las mismas palabras que había pronunciado Jala aquella fatídica noche. Mohab apretó los dientes.

–Mi tío ha creído que nunca reclamaría mi derecho y que le dejaría decidir el destino de Jareer. Y tenía razón, porque hasta este momento no he querido alterar el estatus quo, ya que mi gente parecía contenta bajo la protección de Judar. Pero ahora todo ha cambiado.

Kamal resopló.

–Y que lo digas. Hasta hace dos meses eras el heredero de un terreno desierto cuya población vivía de la producción de dátiles y café. Ahora eres el rey de una tierra bajo la que se oculta la mayor reserva de petróleo jamás descubierta.

–No tengo el menor interés en la nueva riqueza de Jareer. No necesito más dinero y nunca he querido ser rey. Sin embargo, mi gente quiere que declare Jareer independiente y que me convierta en su gobernante. Pero ni los negocios ni la política se me dan bien, y pienso que lo justo es dejar la prosperidad de mi gente en manos de los expertos.

–Supongo que te refieres a las empresas petrolíferas.

–Contigo controlando casa paso que den en Jareer.

Kamal enarcó una ceja.

–¿Quieres que dirija las operaciones?

–Sí.

–Eso resolvería la situación de Judar, Jareer y las

empresas petrolíferas –dijo Kamal tras reflexionar unos segundos–. ¿Y Saraya?

–Como ciudadano de Saraya, y porque los tratados con Saraya nunca se resolvieron adecuadamente antes de firmar otros con Judar, también reconoceré sus derechos sobre el territorio.

–Así que pretendes repartir el pastel. ¿Qué te hace pensar que vaya a aceptar, cuando podría quedármelo entero?

Mohab se inclinó hacia adelante, mirándolo fijamente.

–Que te considero un hombre de honor y un rey justo. Porque creo que harías lo que fuera para evitar esta escalada de hostilidades entre nuestros reinos. En el pasado se trataba de una cuestión de orgullo y honor. Ahora sabemos que se trata de riqueza y de poder. Aquellos que salgan perdiendo pueden causar un daño incalculable. Lo sé porque trato con situaciones en las que la venganza es el motor principal, y sé que ese tipo de conflictos han de evitarse a toda costa.

–¿Y cómo sugieres que hagamos la división?

–Por su relación histórica con Jareer, y porque tanto este como Judar necesitarán de su cooperación, Saraya recibirá un veinte por ciento del petróleo. En reconocimiento del derecho más reciente de Judar y su papel preeminente en estos años, Judar se quedará con un cuarenta por cien. Jareer, el cuarenta por ciento restante. Además, sus habitantes serán los primeros en beneficiarse de los puestos de trabajo que surjan con la nueva industria y tú te responsabilizarás de formarlos.

–Se ve que lo has pensado todo.

–Llevo dándole vueltas desde que se descubrió el petróleo. Todavía no estaba listo, pero las declaraciones de mi tío ayer me han forzado a actuar prematuramente.

–¿Y si no estuviera de acuerdo con los porcentajes?

–Accedería a lo que pidieras.

–¿Qué te hace pensar que tu pueblo vaya a ser tan generoso con sus recursos?

Por fin había llegado el momento de la verdad. Mohab se lanzó.

–Accederían porque sería la dote para tu hermana, la princesa Jala.

Kamal se puso en pie sin inmutarse, pero su actitud reflejó un instantáneo rechazo.

–No –se limitó a decir.

Mohab dominó su ira.

–¿Por qué no?

Kamal lo miró con frialdad y dijo:

–¿Quieres que mi secretario de estado escriba un listado completo de las razones?

–Me basta con un resumen.

–Una sola razón debería bastarte: tu sangre.

–¿Condenas a un hombre por los errores de otro?

–Heredamos los errores y los enemigos de nuestros antepasados.

–Y podemos resolver o alimentar nuestros odios a lo largo de generaciones.

–Los Aal Masoods no somos ángeles, pero hay una buena razón por la que os detestamos y por la que todo intento de alcanzar la paz ha sido infructuoso. Supongo que recuerdas el último matrimonio entre los reinos y lo que tu bisabuelo le hizo a mi tía abuela. No voy a dejar que mi hermana se case con un hombre en cuya familia se maltrata a las mujeres.

–Mi bisabuelo y mi tío no nos representan a todos. Yo no soy como ellos. Puedes investigarme y ponderar los méritos de mi propuesta. Una vez reclame Jareer, mi tío retirará las amenazas de guerra. Podemos beneficiar a nuestra gente –Mohab se puso en pie para mirar a Kamal cara a cara–. Sabes que es la mejor solución para el futuro.

Kamal exhaló con fuerza.

–No necesitamos incluir un matrimonio en el acuerdo. Además, ¿por qué Jala? Si lo que quieres es reforzar la alianza de una manera tradicional, hay otras princesas que estarían dispuestas a sacrificarse.

–No es cuestión de tradiciones. Mi elección es Jala –ante la sorpresa de Kamal, Mohab decidió ser lo más sincero posible–. Hace años sentí algo por Jala y creí que ella me correspondía, pero me equivoqué. Ahora, estando los dos libres, he pensado que el destino me proporcionaba la oportunidad de recuperar a la mujer en la que no he dejado de pensar. Así que, al tiempo que resuelvo un conflicto entre los reinos, consigo así mi verdadero objetivo.

Puesto que asumía que Kamal, como hermano de Jala, reaccionaría ofendiéndose, Mohab se sorprendió al ver que sonreía.

–¿Quieres decir que gracias al descubrimiento del petróleo y la crisis que se ha producido puedes por fin declararte? ¿Y hasta ahora no lo has hecho porque no tenías bastante que ofrecer?

Mohab se encogió de hombros, en tensión.

–¿Lo que puedo ofrecer ahora te parece bastante?

Kamal sonrió abiertamente.

–Si ignoro tu linaje y te valoro por tus méritos, puede que sea una buena idea. Conociendo a Jala, dudo que llegue a casarse por voluntad propia, y yo no quiero que acabe sola en la vida. Tú, a pesar de la mala fortuna de tener sangre Aal Ghaanem, pareces una opción razonable para ella.

–¿Quieres decir que estás de acuerdo?

–No depende de mí. No puedo obligarle a casarse contigo. Es evidente que si has recurrido a mí es porque no lo consideras una misión fácil. No voy a molestarme en preguntar qué hiciste para acceder a ella, ni cómo conseguiste ablandar su corazón.

Mohab tampoco podía contestar a una pregunta qué él mismo se hacía regularmente.

Kamal miró en la distancia como si observara un pasado desagradable.

–En una ocasión hice algo imperdonable a la mujer que había capturado mi corazón, pero no me di por vencido. Finalmente, necesité la intervención de terceros para que ella me diera una segunda oportunidad.

–¿Quieres decir que me vas ayudar?

Kamal miró a Mohab con una sonrisa.

–Así es. Pero si accede a casarse contigo, exigiré un sesenta por ciento como dote. Si Jala rechaza la oferta, redactaremos otro tratado que satisfaga a tu rey para que deje de lanzar amenazas de guerra.

Mohab estuvo a punto de besar a Kamal en ambas mejillas. No había confiado en que fuera a ser tan generoso.

Le tendió la mano y le dedicó la sonrisa más amplia que habían dibujado sus labios en seis años.

–Trato hecho. No te arrepentirás.

Kamal le estrechó la mano lentamente.

–Tenías razón cuando has dicho que no sabías de negocios. Podías haberme obligado a aceptar un treinta por ciento. Después de todos, tienes todos los ases.

Mohab sonrió aún más.

–Soy consciente del poder que tengo, pero nunca regatearía la dote de Jala. Si mi decisión no afectara a millones en Saraya y en Jareer, te lo habría dado todo.

–¿Tan poderoso es lo que sientes? –preguntó Kamal, clavando la mirada en sus ojos–. ¿La amas?

En el pasado, Mohab había creído que sí, pero ya no estaba seguro. Solo sabía que no podía rehacer su vida sin ella. Y que Jala tampoco lo había hecho. Él seguía obsesionado con sus caricias, con el placer que habían compartido. El amor no estaba en esa ecuación. Se trataba de un sentimiento que no podía permitirse y del que desconfiaba.

Pero el acuerdo que había alcanzado con Kamal era real y por el momento, debía bastarle.

–No me contestes –dijo Kamal, haciendo un ademán con la mano–, no creo que puedas hacerlo. Si no has visto a Jala en años, puede que, sea lo que sea lo que sentiste entonces, se transforme cuando la veas de nuevo. Así que no te obligaré a mantener tu promesa. Jala es la persona más intratable que conozco y amo... –al ver que Mohab alzaba una ceja, Kamal, añadió–: Según Aliyah, ha salido a su hermano mayor.

Mohab se sorprendió al ver el brillo que irradiaba en el rostro de Kamal al nombrar a su esposa y reina.

Kamal siguió:

–Pero para que tengas una mínima posibilidad, tengo que hacer más que limitarme a poneros a ambos en la misma habitación. Tengo que empujarla. Le haré creer que no tiene otra opción. Pero si Jala se niega de todas formas, no habrá nada que hacer –Kamal volvió a sonreír–. Solo puedo confiar en resultar lo bastante convincente como para abrirte la puerta. A partir de ahí, todo queda en tus manos.

Capítulo Dos

–¿Cómo?

El grito de Jala le taladró los oídos a Kamal. Jala se dejó caer en un sofá y lo miró boquiabierta.

–¿Cómo has podido hacerme esto? ¿Estás loco? –preguntó.

Kamal la miró sin el menor arrepentimiento.

–Tenía que conseguir que vinieras. Lo siento.

–¿Me haces creer que Farooq está en el hospital, a punto de morir tras un grave accidente, y solo dices «lo siento»?

Aun sabiendo que Farooq estaba a salvo, seguía sintiendo pánico, casi más que cuando la secuestraron y su vida estuvo en peligro.

–¿Tienes idea de lo que he llorado imaginando que Carmen perdiera a su alma gemela y que Mennah tuviera que crecer sin su maravilloso padre? ¡Eres un monstruo, Kamal! ¡No entiendo cómo Aliyah te aguanta!

Kamal tuvo la desvergüenza de sonreír.

–No lo sé, es un milagro. Creo que se llama amor. Lo siento, pero habías jurado que no volverías a no ser que alguno de nosotros estuviera a punto de morir.

–¿No se te ocurrió probar a decir la verdad?

–También podía haberte ordenado que vinieras, pero habrías sido capaz de renunciar a la nacionalidad judariana. Si no fueras tan difícil, no te habría mentido y no habrías pasado dieciséis horas en el infierno.

–¡Así que la culpa es mía! ¿Qué puede ser tan urgente para que me atraigas con una mentira?

–Que Judar va a entrar en guerra.

Jala se puso en pie de un salto.

–¡Para ya! Estoy aquí, no hace falta que sigas mintiendo.

Kamal le puso una mano en el hombro, la empujó suavemente para que volviera a sentarse y ocupó un lugar a su lado.

–No es una mentira. Se trata de una larga historia.

Jala escuchó atónita, y cuando Kamal terminó, dijo:

–No puedes ir a la guerra por la explotación del petróleo. ¿No eres el mago de la diplomacia?

–Se nota que no conoces al rey Hassan –dijo Kamal. Jala contuvo un risa amarga. Lo conocía, y muy bien–. Es inmune a la diplomacia.

–¡Pero no puedes ponerte a su nivel! –Jala exhaló, exasperada–. ¡Luego te extraña que me fuera de aquí porque estaba harta de maquinaciones! ¡No puedo soportar esta mentalidad medieval! ¡Esta región está estancada en el siglo XI!

–La lucha por el petróleo es contemporánea.

–Como los misiles de largo alcance. Espero que disfrutéis jugando a la guerra –masculló Jala–. Pero sigo sin entender qué hago aquí.

Kamal le tomó la mano a la vez que la miraba con ternura.

–Resulta que puedes jugar un papel fundamental en evitar esta crisis.

–¿Yo? –preguntó Jala, atónita–. ¿Cómo?

–Casándote con un príncipe Aal Ghaanem.

–¿Te has vuelto loco?

–Solo una alianza matrimonial puede acabar con las hostilidades.

Jala liberó su mano bruscamente y se puso en pie.

–¡No vives en el siglo XI, sino el en el V! Dudo que nos veamos en mucho tiempo, Kamal, al menos en Judar.

Kamal le dedicó una de sus miradas, que despertaban en Jala el deseo de gritar a pleno pulmón.

–Es lo único que puede evitar una guerra de consecuencias incalculables.

Espantada ante las imágenes que esas palabras invocaron, Jala dijo entre dientes:

–Sigue pareciéndome una locura que pienses que el matrimonio es la forma de resolver disputas políticas. Los Aal Masood tienen numerosas princesas que podrían jugar ese papel. ¿Qué te hace pensar que puedo interpretarlo yo, a la que llaman la Princesa Pródiga?

Kamal la miró con severidad.

–Lo que opinen los demás es irrelevante. Solo tú puedes acabar con siglos de enemistad, así que no tienes opción; has de casarte con el príncipe Aal Ghaanem.

–Si crees que me puedes sacrificar en el altar de las reconciliaciones tribales, estás delirando.

–Todos hacemos sacrificios si nuestro país lo requiere.

–¿Qué sacrificios? Para seguir casado con Carmen, Farooq abdicó en nombre de Shehab. Este hizo lo mismo contigo para casarse con Farah. Tú aceptaste el puesto y el sacrificio porque la oferta incluía a Aliyah. Todos estáis felizmente casados porque hicisteis lo que queríais, no lo que os exigía vuestro reino.

–Yo no puedo abdicar. Y cuando acepté la corona, lo hice como un sacrificio a mi país.

–¡No es cierto! Sabías que solo una amenaza de guerra te devolvería a Aliyah, así que aprovechaste la oportunidad a la vez que fingías odiar tu destino –al ver que Kamal arqueaba las cejas, Jala sonrió con desdén–. ¿Qué creías, que no era capaz de atar cabos? Guárdate el discurso de los sacrificios. Estás loco si crees que vas a convencerme aludiendo al patriotismo.

–Entonces, utilizaré tus sentimientos humanitarios. Has acudido a territorios en guerra y sabes que no hay forma de parar la reacción en cadena que cercena miles de vidas. Como mujer que contribuye a aliviar el sufrimiento de muchos y que puede evitar una pesadilla, sé que harás lo que sea para evitarla, aun cuando odies Judar. Y la idea de casarte.

Abatida, Jala tuvo que admitir que Kamal estaba en lo cierto.

–¿Y ahora qué? ¿Vas a poner en fila a los príncipes Aal Ghaanem para que elija un marido que esté dispuesto a sacrificarse por la paz y prosperidad de su reino?

–Cualquier hombre que considere casarse contigo un sacrificio es que no tiene testosterona.

–No intentes camelar mi vanidad. Sabes que una mujer como yo, que vive sola en Occidente desde hace años, es más un motivo de deshonra que de fortuna.

–La nueva generación de príncipes no tiene esa mentalidad.

–Solo hay uno que no se haya quedado enraizado en la época medieval: Najeeb. Y estoy segura de que no se ofrecerá voluntario –los recuerdos le provocaron una mueca de amargura a Jala–. El rey Hassan no sacrificaría a su heredero por muchos que fueran los incentivos.

–No vas a tener que pasar por eso. El candidato ya ha sido elegido.

Jala se quedó boquiabierta.

–Gracias por haber conseguido que ni siquiera pueda dar mi opinión –dijo con sarcasmo.

–Permite que me exprese mejor. Un príncipe se ha presentado voluntario. De hecho, está aquí, pero ha preferido que hablara primero contigo en privado. ¿Puedo hacerle venir o prefieres esperar a conocer a tu prometido?

Jala volvió a sentarse. La cabeza le daba vuelas con una mezcla de protestas e insultos entre los que le resultaba imposible elegir.

Haciendo caso omiso de su estado de perplejidad, Kamal se inclinó y le besó la mejilla.

–Piénsalo: puede que sea la mejor decisión de

tu vida –susurró. Y se incorporó antes de que su hermana lo abofeteara.

Jala lo observó marcharse sumida en un torbellino de sentimientos. ¿Estaría soñando? ¿Había vuelto a Judar para encerrarse en una jaula? ¿Era verdad que no podía negarse?

Súbitamente le asaltó una sospecha y con ella, la posible identidad del «voluntario».

El hombre por el que había jurado no volver nunca a la región, y que era un príncipe Aal Ghaanem aunque el mundo lo olvidara a menudo. Pero no se ofrecería a...

«Puede que sientas eso ahora mismo, Jala, pero eres mía. Y te juro que, más tarde o más temprano, te reclamaré y conseguiré que me supliques que te haga mía».

El eco de la amenaza que llevaba recordando seis años, reverberó en todo su cuerpo. No. Mohab había hablado movido por el rencor. No había querido recuperarla. Solo la había necesitado para conseguir sus fines, y eso lo había logrado hacía tiempo.

Al oír abrirse la puerta, se adelantó al borde del asiento. Al siguiente segundo, el corazón le latía aceleradamente.

Él. No podía ser, justo cuando Jala creía haberse liberado de su ponzoñoso recuerdo. Tenía que huir, no podía enfrentarse a él.

Pero no se movió. Solo pudo esperar, inmóvil, a que la figura se aproximara y saliera de la sombra. Lo primero que vio con claridad fueron sus ojos, aquellas ascuas que la habían atormentado durante horas tras haberlas visto por última vez.

Pero el estremecimiento que la recorría no se debía a lo que veía en sus ojos, sino al efecto que Mohab tenía sobre ella desde el primer instante que lo había visto –incluso en medio del terror del secuestro–: la capacidad de hacer desaparecer lo que la rodeaba y convertirse en lo único que existía. Y que ese mismo sentimiento aflorara instantáneamente después de todo lo ocurrido…

Jala se puso en pie y fue precipitadamente hacia la puerta que daba al jardín. Pero, como si se materializara de la nada, Mohab se interpuso en su camino. No necesitó detenerla; su aura bastó para conseguirlo. Y la intensidad que Jala descubrió en su mirada cuando alzó el rostro hacia él, tenerlo de pronto tan cerca después de tantos años y de lo que le había hecho…

No era justo. Como no era justo que le nublara la mente y que seis años solo hubieran servido para transformarlo de hombre a dios.

Desde su gran altura, con el rostro de un ángel vengador, todo él era una perfecta combinación de planos y volúmenes que, combinados, alcanzaban la perfección. Llevaba el cabello caoba recogido en una coleta, enfatizando sus rasgos masculinos y su leonina frente. Una barba recortada le acentuaba los pómulos y le daba un aspecto de guerrero del desierto. La madurez había mejorado aquel cuerpo de bronce y acero que solía dejarla sin aliento y que la había hipnotizado en el pasado... Y tal y como estaba comprobando en aquel instante, también en el presente.

Mohab la observaba como si su proximidad lo

afectara con igual intensidad, cuando había sido él quien había planeado aquella trampa, quien sabía lo que iba a suceder.

Las barricadas que había erigido para reafirmarse en su resentimiento se disolvieron.

–Supongo que sufres de amnesia debido a los golpes que has recibido en la cabeza en el desarrollo de tu profesión –dijo finalmente.

Mohab parpadeó, ocultando su mirada de fuego por unos segundos. Cuando volvió a mirarla, sus ojos tenían otro brillo. ¿De sorpresa, de sorna?

Que pudiera estar riéndose de ella, la enfureció.

–Creo recordar que te dije que no quería volver a verte, así que puedes olvidarte de jugar conmigo e irte al infierno.

Dio media vuelta y caminó precipitadamente, pero una garra de hierro le sujetó el brazo. Antes de que pudiera asimilar la descarga eléctrica que la recorrió, sintió un suave tirón, y como si se tratara de un paso coreografiado, se encontró pegada al pecho de Mohab.

Sin darle tiempo a respirar, Mohab la sujetó por la nuca y le hizo alzar el rostro hacia él, a la vez que le deslizaba la otra mano a las nalgas. Manteniéndola prisionera, le dejó ver en sus ojos la bestia letal que se ocultaba bajo el barniz de civilización, la que había triunfado sobre sus más peligrosos enemigos y que en el aquel instante le transmitía su incontenible deseo por ella.

Lentamente, inclinó la cabeza y Jala, que se

sabía perdida si sus labios la tocaban, retiró el rostro en el último instante.

El beso le aterrizó en la comisura de los labios, y la familiaridad de su tacto le prendió cada una de las terminaciones nerviosas. El golpe de su aliento la envolvió en un alud de recuerdos, trasportándola a las innumerables veces que había caído en el éxtasis de su posesión.

Mohab incrementó la presión de la mano con la que le sujetaba las nalgas para que notara su sexo endurecido. Entonces le acarició el cabello, arrancando de sus labios gemidos en respuesta al murmullo de sus ininteligibles y sensuales palabras. Luego le metió la mano debajo de la falda.

Jala exhaló una exclamación sofocada al sentir sus dedos contra la piel, marcándola como un hierro candente, empujándola a presionarse instintivamente contra él. Y Mohab llevó su ataque al siguiente nivel.

Levantándole la falda, le metió las manos por las medias, le asió el trasero y la atrajo hacia sí. Laxa, perdida toda conciencia, Jala se frotó contra su sexo endurecido. Emitiendo un ronco gemido, Mohab le levantó una pierna alrededor de la cadera, abriéndola a su dominio a la vez que pegaba su torso al de ella. Los pezones de Jala se endurecieron, la ropa la quemaba. Mohab le besó el cuello, succionó su piel, calentándole la sangre. Su aliento, su cuerpo, su sabor, sus manos y su boca la diluían en una masa anhelante que solo buscaba el placer que le proporcionaba.

Jala ya no oía más que los latidos de su acelerado corazón y sus jadeantes respiraciones mientras Mohab le hacía sentir su sexo a través de la ropa, a la vez que inclinaba la cabeza para atraparle los pezones por encima del sujetador, Jala estaba al límite de la explosión.

Los gemidos se incrementaron, le arrancó un grito. Mohab se estremeció al sentir la fuerza de su deseo y la besó profundamente.

Jala se deleitó en su sabor, su lengua se entrelazó con la de él, ahogándola en un pozo de placer.

Hasta que de pronto, una luz de alarma se encendió en su cerebro y la sacó de aquel delirio. El recuerdo de que Mohab había hecho lo mismo la última vez: dominarla por medio del placer sexual hasta casi aniquilarle la mente y el alma.

Una vez más, le había dejado actuar como si no existiera entre ellos una montaña de dolor y de resentimiento. Estaba dejándole manipularla cuando solo la consideraba un medio para alcanzar sus fines.

La rabia y la humillación la sacaron del embrujo y Jala se removió en los brazos de Mohab como si luchara por su vida.

Mohab pareció dudar de si Jala pretendía liberarse o si intentaba presionarse aún más contra él. Pero finalmente, rompió el beso y la dejó suavemente en el suelo.

Debilitada por el veneno de la pasión con la que acababa de infectarla una vez más, Jala sintió que las piernas le flaqueaban. Apenas había dado un paso atrás cuando Mohab la sujetó por los hombros y la atrajo una vez más hacia él. Jala, que ni siquiera tenía fuerzas para resistirse, se inclinó sobre él, apoyando la cabeza en su hombro.

Tomando su reacción como beneplácito, Mohab le posó las manos en los pechos a la vez que susurraba:

–No pensaba actuar así, pero no he podido evitarlo. Si no me hubiera detenido, te habría poseído aquí, en medio del salón de tu hermano. Es el efecto que tienes en mí: en cuanto te veo solo puedo pensar en darte placer.

En el pasado, Jala lo había creído así, hasta que había descubierto la verdad, aunque él creyera que no la conocía.

–Y te equivocas en una cosa. Tus últimas palabras fueron: «Búscate a otra persona que desee morir».

Jala se separó de él para recuperar fuerza.

–Puesto que tienes una memoria prodigiosa, también recordarás que rechacé tu oferta de matrimonio.

–Prefiero acordarme de cuando la aceptaste –dijo él con una sibilina sonrisa.

–Por eso has elegido una guerra inminente para retomar el tema. ¿Es que tienes nuevas órdenes?

Un destello en los ojos de Mohab le dio a entender que no tenía ni idea de lo que quería decir. Dotando su voz de la mayor frialdad de la que era capaz, añadió:

–¿Te sorprendes? Quizá no eres tan buen espía como dicen. Si tú no sabes de qué estoy hablando, te aseguro que yo sí. Lo sé todo.

Capítulo Tres

Jala decía saberlo todo.

Mohab se quedó perplejo hasta que empezó a hacerse algunas preguntas. ¿Qué significaba «todo» para ella? ¿Estaría relacionado con su repentino rechazo seis años atrás?

Observó a Jala, que con un traje de chaqueta de falda color marfil, estaba más hermosa de lo que recordaba. Y eso que recordaba cada detalle, la belleza, el tacto, el sabor, de aquella mujer cuya imagen lo había perseguido todos esos años.

Confiaba en que sus recuerdos fueran exagerados. Pero nada más entrar en el salón de Kamal comprobó que la madurez había intensificado todo aquello que encontraba irresistible en ella.

Deslizó la mirada por sus deliciosas curvas y el cuerpo se le estremeció al recordar la perfección con la que sus cuerpos encajaban; los dedos le hormiguearon al rememorar su piel de terciopelo; sus labios y su lengua le ardían con la sensación que le había dejado su boca caliente y húmeda.

Había estado a punto de hacerle el amor. Y aunque Jala se había retirado tras una valla de frío desdén, podía percibirla vibrar con el mismo deseo que a él le hacía sentirse desnudo.

Consciente de que Jala esperaba que respondiera de alguna manera a su revelación, decidió darle lo que quería. Se acercó lentamente a la vez que ella retrocedía.

–¿Así que lo sabes todo? –preguntó. Jala asintió con la cabeza y él se metió las manos en los bolsillos para no tocarla–. Permite que lo compruebe –satisfecho con la expresión de desconcierto de Jala, añadió–: ¿Tienes idea de que durante la crisis de los rehenes cometí un pecado capital?

–Si te refieres a que mataste –dijo ella con voz ronca–, lo sé perfectamente. Nunca olvidaré tu irrupción con el cuerpo especial de asalto y cómo asesinaste a seis de nuestros secuestradores –Jala frunció el ceño–. Pero no pensaba que en tu trabajo matar fuera un pecado.

–Matar entra en el perfil de mi trabajo, aunque yo prefiero llamarlo eliminar amenazas letales contra inocentes.

Jala lo miró en silencio. Era consciente de que personas como Mohab eran necesarias para controlar a los monstruos del mundo. De hecho, lo había vivido en persona el día en que había sido tomada como rehén, con otras quinientas personas, en una conferencia en Bidalya.

Que no lo contradijera, animó a Mohab.

–Pero el pecado que cometí no tuvo nada que ver con la violencia, sino con algo imperdonable en mi trabajo: desviarme del plan inicial y poner en peligro a otros.

Una vez más, y contra lo que Mohab esperaba, en lugar de contradecirlo, Jala lo defendió:

–Pero salvaste a cientos de personas. Y no hubo nada improvisado. Actuaste con tal precisión que todo paso parecía ensayado.

–Si te dio esa impresión fue porque mis hombres están excepcionalmente preparados y porque pude reparar el error en el momento. Pero eso no significa que no cometiera un terrible error –Jala lo observaba, pendiente de cada una de sus palabras. Mohab continuó–. ¿Recuerdas lo que hice en cuanto entramos?

Jala asintió en silencio, como si el recuerdo todavía le resultara doloroso. Después de todo, había visto ya tres rehenes asesinados como prueba de que los secuestradores cumplirían sus amenazas. En una ocasión le había dicho a Mohab que le había dolido más la imposibilidad de ayudarlos que el temor a sufrir el mismo destino. Hizo una mueca mientras intentaba recordar.

–Recuerdo cada momento –dijo finalmente–. Entraste justo cuando uno de los secuestradores amenazaba a Najeeb con volarlo en pedazos. Entonces nuestras miradas se encontraron en la distancia y… y…

–Continúa.

Jala tragó saliva.

–Viniste hacia mí, matando a todos los hombres que se interpusieron en tu camino, y me serviste de escudo hasta que terminasteis la acción.

–Ese fue mi pecado. Mi misión era salvar a Najeeb, pero te vi y decidí salvarte en primer lugar.

Jala lo miró sorprendida. Nunca se lo había planteado.

–Pero terminaste con el hombre que lo amenazaba antes de llegar junto a mí –susurró–. No permitiste que nadie le hiciera daño.

–Debía haber corrido a su lado y haberlo protegido a él. Como mi príncipe heredero, debía haber sido mi prioridad. Pero lo fuiste tú. Y con ello arriesgué no solo su vida, sino la estabilidad del país.

–¿Qué quieres decir, que te bastó verme para perder la cabeza y arriesgarlo todo por mí? –dijo Jala con un resoplido de impaciencia.

–No. Había perdido la cabeza por ti antes.

Mohab vio cómo Jala abría la boca, atónita. Nunca se lo había contado. La había conocido dos años antes y había buscado cualquier excusa para verla.

–¡Pero si yo no te conocía!

–Preferí mantenerme en el anonimato. Como tú misma dijiste muchas veces, tú eres una Aal Masood y yo un Aal Ghaanem. Además, siempre me había resistido a incorporar una mujer en mi azarosa vida –Mohab resopló–. Pero cuando te vi en peligro, reaccioné irracionalmente.

Los ojos de Jala se llenaron de tal emoción que Mohab tuvo que hacer un esfuerzo sobrehumano para no abrazarla. Pero Jala consiguió velarlos y dejar en ellos solo frialdad.

–¿Por qué me lo cuentas ahora?

–Para demostrarte que te equivocas cuando dices que lo sabes todo.

–Lo único que pruebas es que tienes el don de la palabra. ¿Qué pretendes, alimentar mi ego?

–¿Crees que me inventaría algo así? Ojalá. Preferiría no tener que admitir que cometí un error y que arriesgué las vidas de muchos por proteger a una mujer que nunca pensé que pudiera ser mía.

Jala continuó observándolo con frialdad, y Mohab decidió continuar con su confesión.

–Pero cuando vi la mezcla de terror, valentía y rabia que se reflejaba en tus ojos, dejé que me dominara el instinto.

Jala apartó la mirada de él.

–Sin embargo, no hiciste el menor esfuerzo por conocerme hasta después de un año.

–Era consciente de lo mal que había actuado y me sentía culpable. No podía permitirme el regalo de conocerte.

Jala lo miró entonces con sorna.

–¿Así que fue la culpabilidad lo que te impidió acercarte a mí, o que no te parecía justo implicar a una mujer en tu vida?

–Las dos cosas. Además de la disputa entre nuestras familias.

–Hasta que decidiste ignorarlo todo y cortejarme hasta llevarme a la cama. Y antes de que pudiera darme cuenta, habías conseguido que accediera a casarme contigo. Hasta que el día que quise romper el compromiso, enloqueciste y me amenazaste con destruirme a mí y a cualquier hombre que se me acercara.

–Fue imperdonable, pero habría hecho lo que fuera por retenerte –dijo Mohab, apretando los dientes al recordar el dolor de aquel instante.

–Sí, claro –dijo Jala con desdén–. El hombre de

hielo que se dedica a acabar con las Mata Haris del mundo dejó que los sentimientos lo dominaran.

En esa ocasión, fue Mohab el desconcertado. Así que Jala lo sabía. Pero ¿hasta qué punto estaba informada? La propia Jala lo sacó de la duda al continuar:

–Sé que eres el agente especializado en seducir y descubrir agentes secretos femeninos. Que se te conoce no solo como El Aniquilador, sino como Qatel an-Nesaa, El Gran Seductor. ¿Y quieres que crea que viste a una jovencita de veintidós años y me encontraste tan irresistible que perdiste la cabeza?

–Es una buena manera de resumirlo –dijo Mohab con resignación.

Jala chasqueó la lengua con escepticismo antes de decir:

–Esperaba una excusa más elaborada por parte de mejor agente del servicio secreto. Pero pareces olvidar que he dicho que lo sé todo.

–Y yo solo puedo decir que es la patética verdad. Así que debo preguntarte de nuevo, ¿a qué te refieres con «todo»?

Los ojos de Jala se volvieron dos gélidos ámbares.

–Todo desde el momento en que fui al encuentro de Najeeb y fue a ti a quien encontré –dijo. Y lo miró fijamente.

Nunca había sido capaz de decidir si los ojos de Mohab le impresionaban más cuando brillaban con una constante llama o cuando fluctuaban como dos carbones al rojo.

Había soñado con aquellos fieros ojos, con su voz y con su tacto durante un año después de que le salvara la vida. Mohab la había impactado. Una mirada suya había bastado para derretirla a pesar de que se caracterizaba por ser difícilmente impresionable. De hecho, era considerada muy madura para su edad, como siempre le decían sus hermanos, que la acusaban de fría y distante.

Pero Mohab había atravesado todas sus defensas. Durante un año había rememorado la sensación de su cuerpo pegado al de ella, sirviéndole de escudo mientras la sacaba de aquella carnicería. Pero antes de que pudiera intercambiar una palabra con él, el gobierno de Bidalya había reunido a los rehenes y los había enviado a sus respectivos países, cerrando el caso con la mayor prontitud posible.

Lo meses siguientes, había hecho lo posible por conocer su identidad. Hasta que Najeeb se había puesto en contacto con ella.

Najeeb se había comportado espectacularmente durante la crisis; había mantenido la cabeza fría, manejando a los secuestradores como un experto veterano acostumbrado a situaciones de peligro. De no ser por él, habrían muerto más personas. En el proceso, intuyó que podía contar con ella y surgió entre ellos una afinidad inmediata que contribuyó a minimizar los daños durante aquellos dramáticos días.

Hasta que uno de los secuestradores perdió los nervios y amenazó con matarlo como el miembro de más alto rango para forzar al gobierno de Bidalya a negociar. Afortunadamente, Mohab irrumpió en escena en aquel preciso instante.

Najeeb la había sorprendido al explicarle que su salvador era el jefe de las fuerzas especiales de Saraya, a quien el gobierno de Bidalya había cedido el control para recuperar a su príncipe heredero.

Descubrir que era, además, primo de Najeeb, había alimentado sus fantasías. Najeeb era su amigo a pesar del enfrentamiento entre sus dos familias; pero con Mohab, aunque no confiaba en volver a verlo, deseaba mucho más que una simple amistad.

Finalmente, un día apareció de improviso en lugar de Najeeb para acompañarla a una ceremonia en la que iban a entregarle su primer premio como cooperante. Se había alegrado tanto con aquella inesperada sorpresa, que no se había planteado a qué podía deberse. Ni siquiera se había extrañado cuando Najeeb había llamado para explicarle que estaría ausente durante varios meses y no había mencionado que había enviado a Mohab a sustituirlo. A partir de ese instante, ella aceptó cada palabra de Mohab como una verdad incuestionable.

Aquella primera velada había sido mágica y había marcado el inicio de una intensa relación que duró dos meses, hasta que, como si supiera cuándo estaría lista para dar un paso adelante, Mohab la llevó a su casa y… la sedujo.

–¿Vas a contestarme o vas a mantener el enigma de ese «todo» que sabes?

La pregunta de Mohab sacó a Jala de su viaje al pasado. Aunque se resistía a remover la parte más sórdida de aquel tiempo, supo que debía seguir adelante.

Con una mirada que destilaba desprecio, dijo:

–¿A qué enigma te refieres, si los dos sabemos que solo entraste en mi vida para arrancarme de la de Najeeb, que no fui más que otra misión para Qatel an-Nesaa?

Capítulo Cuatro

El rostro de Mohab se ensombreció.

–¿Quién te ha dicho eso? –preguntó–. No contestes. Supongo que Najeeb. ¿Qué te dijo exactamente?

–La verdad –dijo Jala.

Mohab se dejó caer en un sofá.

–Me lesioné la rodilla en mi última misión, así que me canso de estar de pie –al ver que Jala se limitaba a mirarlo, añadió–: También me hice daño en el cuello.

–¿Quieres que sienta lástima por ti, cuando has conseguido traerme a este maldito país urdiendo un plan disparatado?

–Entiendo tu enfado, pero esto va a durar más de lo que esperaba, así que será mejor que te pongas cómoda.

–No va a durar ni un minuto más. Estoy segura de que vosotros, varones primitivos, encontraréis alguna otra forma de evitar la guerra que no implique usarme como peón.

Jala dio media vuelta, pero Mohab le asió la mano y tiró de ella con tanta fuerza que tropezó y cayó sobre él. Antes de que pudiera reaccionar, Mohab la estrechó contra sí.

–Volvemos a estar donde lo dejamos, y esta vez ninguno de los dos será capaz de detenerlo –susurró–. Así que, si no quieres que acabemos haciendo el amor en el sofá de tu hermano, distráeme.

Jala lo odió, pero más aún a sí misma porque Mohab estaba en lo cierto. Sentía activadas todas sus zonas erógenas; el deseo le quemaba la piel. Tenía que poner fin a aquello antes de que la arrastrara.

–¿Sería suficiente distracción que te metiera un dedo en el ojo? ¿O prefieres que te lo arranque?

–Por más que me encante que me toques, prefiero no recibir más heridas –dijo Mohab. Y tomándole las manos, añadió–: Además, tenemos que terminar esta conversación. Continúa.

–Ya he dicho todo lo que tenía que decir.

–Está bien, seguiré yo. Así que Najeeb te dijo la verdad –Jala asintió y él añadió–: Cuéntame su versión.

–Con una condición.

–¿Que te suelte? –se adelantó a decir Mohab–. Me cuesta creer que lo que vayas a decirme valga más que tenerte en mis brazos.

–Si no me sueltas, gritaré y la guardia real se ocupará de que tengas más que una rodilla lesionada y una tortícolis.

Mohab sonrió de oreja a oreja.

–Tú hermano y yo hablamos el otro día de quién ganaría en ese enfrentamiento. Pero como no quiero ganarme su enemistad causando bajas entre sus hombres, evitaré pasar la prueba.

Mohab la soltó lentamente y Jala sintió sus nervios aflorar con cada centímetro que los distanciaba. ¿Por qué tenía aquel poder sobre ella? ¿Cómo era posible que sumiera sus sentimientos y su mente en tal estado de confusión? Porque era un virtuoso, un experto manipulador del cuerpo y de la mente femenina.

Najeeb le había dicho que había habido muchas mujeres antes que ella, y Jala suponía que también después, si no entremedias. Mujeres mucho más sofisticadas y experimentadas que ella, incluso espías y criminales. Y sin embargo, Mohab las había seducido con su poderosa sexualidad, con el encanto y caballerosidad que desplegaba con exquisita maestría. ¿Cómo no iba a caer ella en su trampa?

Una nueva oleada de mortificación la invadió cuando, sin la ayuda de Mohab, tuvo que darse impulso para ponerse en pie. La forma en que él apoyó la cabeza en el respaldo y entornó los ojos le hizo recordar todas las veces que había cabalgado sobre él hasta la extenuación.

Cuando estaba a punto de separarse definitivamente de él, Mohab le sujetó el rostro entre las manos con firmeza y susurró:

–Solo uno más.

Y sin esperar respuesta, la besó apasionadamente, como si quisiera succionarle el alma. Jala no supo resistirse; su cuerpo reaccionó por ella, aceptando y dando, deleitándose con la exquisita sensación. Finalmente, Mohab la soltó con un gemido de frustración y ella, con las piernas temblorosas, fue hasta el sillón que tenía enfrente y prácticamente colapsó sobre él.

–Espero que estés satisfecho.

Mohab le dirigió una mirada ardiente y contestó:

–Sabes que necesito mucho más para saciarme de ti.

Jala se estremeció. Cada célula de su cuerpo lo sabía bien. Lo había experimentado durante cinco meses en los que la siguiente vez superaba a la anterior. Su relación había sido tan intensa, tan pura, que el golpe al conocer la verdad había sido devastador.

Suspiró profundamente, como si así pudiera librarse de los recuerdos, y decidió pasar al ataque.

–Empecemos por el momento en que Najeeb dejó Nueva York, ¿o debería decir cuando inventaste una emergencia por la que tenía que volver a Saraya para enfrentarse a los problemas que su padre, enfermo, no podía resolver?

Mohab la miró impertérrito y Jala continuó:

–Durante meses, tuvo tantas crisis que empezó a sospechar. Así que finalmente decidió consultar con su madre tras hacerle jurar que no se lo diría a su padre. La reina Safaa reconoció que el rey Hassan había creído que Najeeb acabaría casándose conmigo, hija de sus enemigos Aal Masood, con lo que perdería su posición de heredero, puesto que las tribus Saraya no permitirían que la familia real se mezclara con sangre enemiga. De hecho, el rey temía que hubiera una revuelta y ser derrocado.

Mohab siguió sin reaccionar, de lo que Jala dedujo que nada de lo que le estaba contando era nuevo para él. Tras suspirar, continuó:

–Para impedir que eso sucediera, el rey decidió

romper nuestra relación, y para ello, te eligió a ti. Habiendo aprendido a despreciar a los Aal Massod, supongo que también te resultaba repugnante que el príncipe heredero manchara la sangre real –tras una breve pausa, Jala siguió–: la madre de Najeeb le dijo que compartías la opinión del rey, y que me considerabas una pervertida por vivir una vida degenerada en Occidente. Pensabas que había manipulado a Najeeb para convertirme en reina. Cuando el rey ordenó que te deshicieras de mí, sabía que usarías la misma estrategia que habías usado hasta entonces para librarte de cualquier mujer que amenazara el trono o la integridad del reino.

Mohab seguía sin inmutarse, y a Jala no le extrañó. Después de todo, en los cinco meses que habían estado juntos, jamás había dado la menor señal de estar mintiendo. Por eso mismo descubrir la verdad había sido un golpe tan inesperado y doloroso. Todo lo que había sentido por él hasta entonces se había transformado en vergüenza y humillación.

Continuó con la mayor calma de que fue capaz:

–Me sedujiste solo para invalidarme como prometida de Najeeb; y me pediste en matrimonio para hacerme creer que eras sincero. Supongo que pensabas librarte de mí en cuanto tu príncipe estuviera a salvo.

Najeeb se había enfurecido con su padre, pero más aún con Mohab por su hipocresía. Lo único que había moderado su enfado había sido el hecho de que Mohab hubiera salvado la vida de Jala. Ella nunca le había contado a su amigo hasta qué punto había caído en la trampa de Mohab, y solo le había hecho prometer que nunca se enfrentaría a él. Después, se había marchado.

Sintiéndose utilizada y sumida en la desesperación, volvió a su casa y se dio una prolongada ducha. Entonces, Mohab se había presentado sin previo aviso. Su apasionada precipitación, que hasta entonces ella siempre había creído sincera, había hecho estallar su mente y su cuerpo en una bola incandescente de lujuria. Pero en cuanto acabaron, la rabia volvió con toda su fuerza.

Tras marcharse Mohab, había colapsado, cayendo en una depresión prolongada de la que había tardado años en salir. Cuando por fin se creía recuperada, el hombre que la había causado volvía a aparecer para robarle la paz por la que había luchado tanto tiempo.

–Por eso decidiste tan abruptamente no casarte conmigo.

La afirmación de Mohab la sacó de sus reflexiones. Le dio la única respuesta que estaba dispuesta a proporcionarle:

–Me dio el valor de hacer lo que llevaba tiempo queriendo hacer.

–Por eso no me dejaste defenderme; porque ya antes habías decidido abandonarme.

Cuando Jala asintió, Mohab sacudió la cabeza como si le costara creerlo. Jala supuso que el orgullo le impedía aceptar que una mujer lo abandonara sin un motivo ulterior.

–Así que podías desearme desesperadamente, pero no casarte conmigo.

–¿Quién dice que te deseara desesperadamente?

–No discutamos lo obvio, *ya jameelati.* De hecho, acabas de demostrarlo.

Jala sintió una presión en el pecho al oírle llamarla «su hermosa».

–Es que soy una mujer de sangre caliente.

–¿Por eso eras virgen cuando te hice mía?

Jala se estremeció ante lo apropiado de la descripción. No había mejor forma de explicar lo que Mohab había hecho la primera y el resto de las noches que habían compartido. Le había enseñado de lo que era capaz su cuerpo, pero que solo él era capaz de descubrir.

Aun así, había despertado en sus brazos en un profundo estado de ansiedad. Aunque pensaba que Mohab era un hombre liberal, Saraya era un país aún más conservador que Judar, y temió que Mohab la despreciara por haberse entregado fuera del matrimonio.

Pero sus temores se diluyeron en cuanto Mohab abrió los ojos. Había interpretado el papel a la perfección, mostrándose eufórico, incluso poético, sobre lo orgulloso que de sentía de haber tenido el honor de iniciarla en el amor. Luego le había pedido en matrimonio.

Y aunque Jala jamás había pensado en casarse, le dio el sí.

–¿Qué tienes que decir?

La pregunta de Mohab le recodó que no había contestado a la anterior.

–¿Vas a hacer un oda a la joven que llegó virgen a los veintidós años, a la mujer que intentaba liberarse de su represora educación? ¿Qué esperabas, que llegara a Estados Unidos y empezara a acostarme con un hombre cada noche?

–Llevabas allí tres años; tiempo suficiente para cambiar tu visión de la vida. Pero no te gustó ninguno. Yo fui el primero… En todos los sentidos.

–¿Lo dices porque, como dios infalible, lo sabes todo?

–No, como el hombre que te despertó. Y al que no has sustituido en tu cama en todos estos años.

Jala abrió la boca. ¿Cómo…? ¿Significaba eso que…? Mohab se le adelantó:

–Eso sí lo sé porque soy un dios infalible.

Mohab pensó que si una persona podía estallar, Jala lo haría en cualquier momento. Había encendido la mecha de dos de sus detonadores. Previamente, la pasión, y había descubierto, satisfecho, que todavía podía dispararla con una sola caricia. La segunda, su privacidad, algo que siempre la había obsesionado. De hecho, su insistencia original en no encontrarse con él en ningún lugar donde pudieran reconocerla le había hecho pensar que se avergonzaba de que la vieran en su compañía. Pero con el tiempo, Jala le había hablado de su vida en Judar y había comprendido lo difícil que había sido para ella conquistar el derecho al anonimato. Tras una vida en la que se contaban casi cada una de sus respiraciones y se controlaban cada uno de sus pasos, había jurado preservar su privacidad a costa de lo que fuera.

Jala se puso en pie.

–¿Me has hecho seguir? –preguntó, airada.

Mohab suspiró. Lo último que quería era desvelar hasta qué punto estaba obsesionado con ella.

–No se me da bien darme por vencido.

Jala dio varios pasos hacia él con expresión amenazadora.

–¿Se te olvidó anular el seguimiento una vez dejé de ser una amenaza para tu príncipe? ¿Temías que fuera en busca de otro de tus príncipes una vez le aclaraste a Najeeb que no era una candidata apropiada como reina?

Haciendo una mueca al oír la amenaza que había proferido y que desde entonces lo avergonzaba, Mohab sacudió la cabeza.

–Yo no le dije nada a Najeeb.

–No te creo.

Mohab sabía que se merecía su incredulidad. Puesto que Najeeb había cortado todo contacto con ella, era lógico que Jala hubiera asumido que él había llevado a cabo su amenaza.

Pero no lo había hecho. Había vivido pendiente de recibir la espantosa noticia del compromiso entre Najeeb y Jala, y al ver que no se producía, había decidido averiguar por qué. Su tío le había dicho a Najeeb que Mohab había cumplido su misión al demostrar que Jala era una mujer de vida disoluta.

A pesar del dolor y de los celos que le había provocado creer que Jala había elegido a Najeeb, Mohab había acabado por darse cuenta de que tenía todo el derecho a casarse con quien quisiera, y le había enfurecido saber que Najeeb había roto su amistad con ella por lo que una tercera persona le hubiera dicho.

Cuando ni su tío ni su primo quisieron oír las explicaciones que él quiso darles, decidió dimitir de su puesto y abandonar el servicio secreto de Saraya.

–Pregúntaselo a Najeeb –dijo, resoplando–. Te dirá que no hemos hablado desde aquella noche. Tenías todo el derecho a dejarme y yo me avergonzaré el resto de mi vida de haberte amenazado.

Jala pareció desconcertarse, pero recuperó inmediatamente la frialdad en la mirada.

–Aunque te creyera, ¿cómo te has atrevido a hacerme seguir?

–Puesto que nada puede redimirme ante tus ojos, da lo mismo que sepas que en realidad te sigo desde hace mucho más tiempo del que crees. De hecho, desde que te vi en una conferencia con tu hermano Farooq en Washington.

Jala abrió los ojos desorbitadamente.

–¿Hace diez años?

–Precisamente. Solo tenías dieciocho años y pensé que eras el ser más increíble que había visto en mi vida. Incluso en la distancia y sin que tú me vieras, percibí la química que había entre nosotros.

De hecho, la había seguido desde ese instante, y Jala se había convertido en la primera fantasía de su vida, aun sabiendo que nunca se conocerían. Entonces, se había producido la crisis de los rehenes, y el nombre de Jala fue el único que le importó al leer la lista de las personas que habían sido secuestradas.

–¿Pretendes que crea que te quedaste fascinado conmigo a primera vista?

–A veces parece que no te has mirado nunca en el espejo.

–Vamos, Mohab, te has cruzado con miles de mujeres hermosas. De hecho, yo no lo soy; soy demasiado andrógina.

Mohab estalló en una genuina carcajada.

–Si es así, debe querer decir algo de mí, puesto que te considero la definición de la feminidad –antes de que Jala insistiera en negar algo para él tan evidente, dijo–: ¿No quieres oír mi versión de los hechos?

–Supongo que vas a decir que Najeeb o yo llegamos a la conclusión equivocada. No te molestes. Ya te he dicho que solo lo usé como excusa para romper contigo.

Mohab tuvo que aceptar que decía la verdad. Era verdad que Jala había intentado aferrarse a su independencia, había insistido en mantener su relación en secreto, y cuanto más insistía él en anunciar su compromiso, más se resistía ella.

Dio una palmadita en el sofá, a su lado.

–Aun así, deberías escucharme y saber verdaderamente «todo».

–Como quieras –dijo ella con un lánguido gesto de la mano.

–Gracias, alteza –dijo él con sorna–. Cuando mi tío me encargó que acabara con tu relación con Najeeb, me proporcionó la perfecta excusa para acercarme a ti. Admito que me preguntaba si eras tan peligrosa como él creía, puesto que no dejaba de preguntarme cómo era posible que una mujer supuestamente tan inocente como tú me afectara tan violentamente, cuando ni las mujeres más experimentadas me hacían pestañear. Si desde la distancia me provocabas sensaciones tan intensas, ¿qué conseguirías con Najeeb?

Se había acercado a ella confiando en librarse de la fantasía que representaba. De hecho, salvar a Najeeb era para él algo secundario. Pero desde la primera noche había perdido la noción de la realidad en sus brazos, había olvidado quién era y a qué se dedicaba. Hasta el punto de que le había pedido en matrimonio.

–Pero perdiste la cabeza cuando me conociste, ¿es eso?

–Cuando estaba contigo, no tenía cabeza.

Después de que lo abandonara, Jala había desaparecido y él había removido cielo y tierra en balde. Hasta que reapareció después de un viaje de ayuda humanitaria en diversas zonas de Sudamérica, y desde entonces no la había perdido de vista. Como no pensaba volver a perderla.

La envolvió en una cálida mirada antes de seguir:

–Mi propuesta, aunque fuera una locura, fue genuina –ante la exclamación de incredulidad de Jala, frunció los labios–: Puedes pensar lo que quieras sobre lo que sentía o creía, pero te aseguro que ningún hombre puede fingir tanto deseo por tanto tiempo.

–Los hombres no necesitan fingir. Solo necesitan una mujer disponible en su cama.

–Se ve que tu única experiencia ha sido conmigo –Mohab se puso en pie y saboreó la incapacidad de Jala para negar la posesión exclusiva de su cuerpo–. Esos hombres a los que te refieres se excitan por la novedad, por el reto, pero pierden interés en cuanto el cuerpo se hace familiar. Sin embargo, cuanto más te tenía, más aumentaba mi apetito por ti. Te deseaba tan ciegamente que habría hecho lo que fuera, incluso casarme, para mantenerte.

–Entonces, tuvimos suerte de que Najeeb me dijera la verdad y los dos nos evitáramos un infierno.

–Te estoy contando mi lado de las cosas. Y ahora que conozco el tuyo, entiendo que te fuiste por una combinación de fobia al compromiso, resentimiento e ira. Hiciste lo que creías mejor para ti; pero esa fue una decisión de tu mente. ¿Qué pasó con tu cuerpo? ¿Cuánto le duró la abstinencia?

–Te puedo asegurar que durante el siguiente año no sentí ni dolor ni añoranza.

Jala no se expresó con el menor rencor. ¿Podía ser verdad que no hubiera padecido lo más mínimo; que no se sintiera vacía, que no lo deseara ni lo necesitara? ¿Podía haberse evaporado el amor que había gemido a lo largo de tantas noches de placer?

Mohab no podía creerlo. Su cuerpo todavía reaccionaba y lo reclamaba como su complemento y su dueño. Como si quisiera contradecir los pensamientos de Mohab, Jala añadió:

–Si no te he sustituido es porque estaba demasiado ocupada con el trabajo y porque no me interesa el sexo esporádico. No porque te echara de menos.

–Si hubieras encontrado a alguien que te excitara como yo, habrías encontrado el tiempo. Querías todo o nada. A veces el hambre es tan grande que solo lo que se ansía puede saciarla. Lo sé porque es lo que me pasa a mí contigo.

–Sí, ya –dijo Jala, escéptica.

–A veces la realidad supera la ficción. La química que compartimos, además de afrodisíaca, alteraba la mente.

–Como una droga que no he querido volver a probar. Así que dime, ¿por qué estás aquí, o es que tienes una nueva misión que cumplir?

–Esta vez no hay ninguna misión. Soy solo yo. ¿Qué te ha contado Kamal?

Jala le dijo que le había dado un explicación general, sin desvelar su identidad. Entonces Mohab le dio los detalles. Jala lo escuchó atentamente, con expresión sombría.

–Si vas a ser rey, ¿no tienes suficiente poder como para resolver la situación sin la participación de una vulgar Aal Masood?

Jala siempre había sido muy intuitiva, pero Mohab no estaba dispuesto a corroborar su hipótesis.

–Mi tío exige un matrimonio a cambio de la paz.

–¡Tiene gracia! No me quiso para su hijo y ahora solo yo le sirvo –Jala empujó a Mohab con fuerza–. ¡Que se vaya al diablo! ¡Y tú también!

Mohab se odió por jugar el as que guardaba en la manga.

–En una ocasión dijiste que estabas en deuda conmigo.

Jala lo miró con ojos de reproche.

–¡También he dicho que no lo haría ni muerta!

–No estoy pidiendo que me des tu vida, solo tu mano. Y tu cuerpo.

Jala resopló con desprecio.

–Quieres mi voluntad, mi futuro y mi cuerpo. Básicamente, todo lo que soy.

–No es así –dijo Mohab, encogiéndose de hombros.

–¿Qué queda que no me hayas pedido?

–Muchas cosas: tu corazón, tu mente, tu alma –mirándola fijamente, Mohab decidió presionarla–. Quiero que pagues tu deuda, Jala.

La ira sustituyó a la inquietud en el rostro de Jala.

–¿De verdad estáis dispuestos a cometer una locura si no nos casamos?

Mohab aprovechó esa primera muestra de vacilación y lanzó el último ataque:

–Tenemos que casarnos. Nadie dice que tengamos que permanecer casados.

Capítulo Cinco

Jala no podía creer que Mohab le hubiera arrancado un sí.

Había usado todas sus armas: la seducción, la lógica, el encanto; se había aprovechado de su vulnerabilidad y de sus convicciones.

Por su trabajo humanitario en zonas en conflicto, sabía bien lo fácil que estallaban las guerras. En su región, dominada por el orgullo, el tribalismo y otras creencias obsoletas a pesar del barniz de modernidad, una vez se derramaba sangre, los enfrentamientos podían durar siglos.

Kamal y Mohab habían contado con su incapacidad para mantenerse al margen cuando su ayuda podía cambiar las cosas.

Pero al menos había mantenido su negativa a casarse con Mohab y solo había accedido a un compromiso fingido. Estaba dispuesta a interpretar el papel en nombre de la paz. Y ya cedía bastante. Los compromisos en su país estaban repletos de absurdos ritos e intrusiones constantes en la intimidad. Los preparativos para una boda eran a veces peores que los de una guerra. Pero cumpliría con todo ello hasta que se firmaran los acuerdos de paz. Luego, desaparecería.

Aun así, el hecho de que Mohab hubiera accedido tan fácilmente a sus condiciones la inquietaba. Primero había sugerido un periodo de seis meses casados, pero cuando ella dijo que tendría que convencer al rey Hassan de firmar durante el supuesto compromiso, no había puesto la menor pega.

De pronto supo por qué y se sintió como si hubiera recibido un golpe en la cabeza. ¡Mohab había conseguido precisamente lo que quería desde el principio! Pidiéndole un sacrificio a tan alto coste, debía haber previsto que ella haría una contraoferta y le había hecho creer que cedía a sus condiciones.

Que la boda no fuera a producirse le daba lo mismo. El ahora no le importaba. Como buen Maquiavelo pensaba a largo plazo y no tenía la menor intención de mantenerse dentro de los límites que había establecido, porque tenía la seguridad de que, si había conseguido de ella tanto en dos horas, en cuestión de días la tendría bailando al son que tocara.

Jala tuvo la certeza de que le daría tanta cuerda como pidiera... para amarrarla con ella.

Dio una patada al suelo, pero como estaba en la arena, no fue un golpe sonoro. Deslizó la mirada por los seis kilómetros de playa. Estaba segura de que el servicio secreto de Kamal la seguía. Docenas de ojos estarían observando a la princesa de Judar mientras daba un paseo.

Por qué se tomaban tantas molestias, si nadie se podía acercar a más de quince kilómetros del palacio real, ni por tierra ni por mar. El único ataque posible tendría que proceder de una satélite o de un misil de largo alcance.

Sabía bien a la falta de privacidad a la que se había expuesto al acceder a quedarse en Judar. La misma que le había hecho huir a los Estados Unidos en busca del anonimato.

Los primeros dieciocho años de su vida habían sido una tortura. Amaba a sus hermanos, pero su experiencia en Judar había sido totalmente distinta a la de ellos. Aunque no eran más que tres de los muchos sobrinos del rey, siempre habían sido los más estimados de la familia real: masculinos, fuertes y ricos. Disfrutaban de libertad, de privilegios y de poder a cambio de asumir sus responsabilidades y aceptar sus obligaciones.

Ella, en cambio, no era más que una hija inesperada, un error de cálculo. Y además, chica. Para empeorar las cosas, a su madre le diagnosticaron una cáncer cuando ella tenía tres años, y murió siete años más tarde. Un año después, murió su padre, destrozado por la pérdida de su esposa, dejando a Jala al cargo de sus hermanos.

Aunque sus hermanos la adoraban, estaban demasiado ocupados forjándose un futuro de éxito. Ella jamás les había contado hasta qué punto era desdichada. Se había sentido aislada de la familia real, de su cultura. Nunca había encajado.

Con el paso del tiempo se había sentido asfixiada por las restricciones que representaba ser mujer en Judar. Para cuando acabó el colegio, supo que tenía que marcharse.

Cuando uno de sus tíos fue nombrado embajador de Judar en los Estados Unidos, atosigó a sus hermanos hasta que logró convencerlos de que la dejaran acompañarlos para continuar allí su educación. Llegó a Estados Unidos cuatro meses antes de cumplir dieciocho años y se fue de casa de sus tíos el día después de cumplirlos.

Desde ese instante, se había concentrado en cumplir su sueño de seguir los pasos de Farooq en el campo de la ayuda humanitaria.

En la fatídica conferencia que había tenido lugar en Bidalya vio a Mohab por primera vez. Y en la primera ceremonia en la que recibía un premio por su trabajo, entró definitivamente en su vida.

Por culpa de él, estaba de nuevo en Judar. Mohab. Hasta su nombre la irritaba.

Él no tenía la culpa de la inminente guerra, ni de la cruel ironía de que fuera la hermana del rey de Judar y él el futuro rey de Jareer.

Pero sí era culpable del enfrentamiento que había tenido el día anterior. Después de seducirla, la había aturdido haciéndole creer que no había sido una más, sino que la había deseado desde siempre. Según él, la había seguido, había incumplido órdenes, había faltado a su deber y la había deseado tan intensamente que su proposición había sido sincera. Y todo el tiempo se había comportado como si verdaderamente le resultara difícil contener su pasión por ella.

Entonces ella había accedido a jugar su papel y Mohab se había detenido. La había dejado partir.

¿Habría sido todo lo que le había dicho una burda manipulación destinada a convencerla?

Parecía lógico. Jala había entendido hacía años que un hombre que elegía el tipo de trabajo de Mohab tenía que estar hecho de una madera diferente a la de los demás mortales. Para enfrentarse a los horrores que él veía a diario había que renunciar a las emociones. Mientras que para llevar a cabo sus misiones, debía ser un experto en simular emociones a su antojo.

Pero aun sabiéndolo, había vuelto a engañarla. Le había anestesiado el juicio y anulado el instinto. Jala había empezado a creer sus afirmaciones y había estado a punto de dejarse arrastrar por la pasión… la que Mohab fingía.

¿Por qué el destino la convertía siempre en una de sus piezas de ajedrez? ¿Por qué le había inoculado un anhelo insaciable que no conseguía erradicar? ¿Por qué después de haber creído que lo ahogaba y que estaba curada le había bastado verlo para que volviera con fuerzas redobladas? ¿Qué podía hacer para aplacarlo lo suficiente como para poder funcionar?

A paso lento, abatida, inició el camino de vuelta al palacio. Cuando lo vio, su belleza volvió a dejarla sin aliento. En el centro de una gran pradera, rodeado de playas plateadas de agua esmeralda, y bajo la luz dorada del atardecer, parecía el palacio de un cuento de hadas.

Jala atravesó las verjas, varios patios y pabellones, todos ellos decorados profusamente con los ornamentos característicos de las culturas que convergían en Judar.

Cuando ya alcanzaba la puerta, dos lacayos se

la abrieron. Jala ni siquiera los sonrió, porque miraban al frente con expresión vacía.

Entró en el vestíbulo circular rodeado por una columnata y lo atravesó hacia el ascensor que la llevaría a la cuarta planta. Al llegar a sus lujosos aposentos, sintió nostalgia de su sencillo apartamento americano.

–¡Por fin llegas!

Se volvió. Era Aliyah, la esposa de Kamal y reina de Judar. Antigua modelo, tenía las curvas sensuales de una mujer que había alcanzado la madurez tras tener dos hijos. Se recogía el denso cabello en una trenza y llevaba un vestido largo del mismo color que sus ojos de chocolate.

Carmen, la esposa de Farooq y princesa consorte, la acompañaba. Carmen era tan hermosa como Aliyah. Se parecía a una joven Rita Hayworth de ojos turquesa. Solo faltaba Shebab, la esposa de su otro hermano, Farah, a la que llamaban el Hada Esmeralda.

De haberle importado las apariencias, Jala habría estado celosa de la hermosura de sus cuñadas. Pero lo cierto era que se alegraba de que sus hermanos hubieran encontrado a mujeres tan hermosas por dentro como lo eran por fuera.

–Hemos llamado –dijo Carmen, a la vez que indicaban a las doncellas que las acompañaban, cargadas con paquetes, que pasaran–. Creíamos que no estebas y te íbamos a dejar estas cosas con una nota.

–Hemos incluido todo lo que pensábamos que pudieras necesitar –dijo Aliyah.

Carmen despidió a las doncellas con una sonrisa y comentó:

–Kamal nos ha dicho que no habías traído nada de Nueva York.

–Porque Kamal me hizo venir diciendo que tu marido estaba moribundo, en el hospital.

Carmen la miró atónita.

–¡No es posible!

–Eso mismo le dije yo cuando me contó la verdad.

–Ya me ocuparé yo de él –dijo Aliyah, indignada, a la vez que le daba un abrazo a modo de disculpa–. No sabes cuánto lo siento. Es un manipulador, pero no lo mato porque es irresistible –concluyó con un suspiro.

–¡Como si no lo supiera! –dijo Jala–. Ahora que es rey estoy pensando en renunciar a la nacionalidad para librarme de él.

–¡No puedo creer que ni él ni nadie puedan obligarte a hacer lo que no quieres! –dijo Carmen, que siempre le decía que era la persona más fuerte e independiente que había conocido.

–Suponemos que estás cansada, así que nos iremos pronto –dijo Carmen, entrelazando su brazo con el de ella–. Abramos los paquetes para ver qué te sirve y qué no.

Aliyah las siguió.

–Cuando Kamal me dijo que te dejáramos tranquila porque ayer tuviste un día muy agitado, no tenía ni idea de hasta qué punto lo había sido. ¡No me he enterado hasta hoy!

–¿Así que te ha dicho que me ha obligado a

comprometerme con el futuro rey de Jareer para impedir una guerra que el cabra loca del rey de Saraya quiere iniciar?

Aliyah rio.

–No me extraña que digan que Kamal y tú sois gemelos. Él también llama al rey «cabra loca».

–Nos han dicho que ya has conocido al futuro rey –dijo Carmen con una risita–. Dicen que es como un príncipe de *Las mil y una noches.* Incluso hay mujeres que se atreven a decir que es aún más impresionante que nuestros hombres.

Por más que amara a sus hermanos, Jala solo podía estar de acuerdo, aunque no le gustó confirmar que afectaba por igual a otras mujeres.

Le vibró el teléfono en el bolsillo.

–Disculpad un segundo –dijo a sus cuñadas.

Miró la pantalla, pero era un número sin identificar.

–Estoy aquí.

Al oír la voz de Mohab, miró a su alrededor alarmada.

–En el palacio –aclaró Mohab–. ¿Estás en tu habitación?

Jala miró a Carmen y Aliyah, que se había girado para que tuviera intimidad.

–Sí.

–Voy a ir a verte.

–No pienso abrir.

–Pues enciende el ordenador.

–¿Para qué?

–Para que pueda hacerte el amor en el ciberespacio. No aguanto las ganas de tocarte.

Jala sintió que le temblaban las piernas.

–No me necesitas. En Internet tienes todo lo que puedas necesitar.

Notó que Carmen se erguía y asumió que la estaba escuchando.

–Soy muy selectivo con el material que uso. De hecho, hay una película que he visto tantas veces como para memorizarla.

Una película en la que la masajeaba y acariciaba hasta llevarla al límite antes de montarla y volver a elevarla al clímax.

Había sido uno de los mayores errores de su vida. Por confiar en él, le había entregado un arma con la que le había dado el poder de chantajearla.

–Haría lo que fuera por tener material nuevo –dijo él con voz sensual–. Enciende el ordenador, Jala.

Esta apretó los dientes.

–No tengo por qué darte acceso a mi ordenador.

–Basta con que me des tu contraseña, aunque ya la sé. Cuanto más tardes, más me costará calmarme. Ya estoy medio loco por no haberte tocado anoche, mientras te veía dormir a distancia.

–¡No es verdad!

El grito de Jala hizo volverse a Aliyah y a Carmen, que para entonces debían saber con quién hablaba.

–Claro que sí –dijo él con aquella voz que le reverberaba en el interior a Jala–. Casi me da un ataque al corazón al reprimir el deseo de desnudarte. Por eso quiero que te desnudes ahora para mí. Quiero verte e imaginar mis manos sobre ti.

Jala lo odió por hacer que el cuerpo le abrasara al instante, por hacerle perder el control y sentir que la ropa la asfixiaba.

–Estoy acompañada.

–Di que estás cansada –dijo Mohab en tono autoritario.

–No puedo. Voy a colgar –dijo Jala, mirando a Aliyah y a Carmen, que habían terminado de abrir los paquetes y parecían esperar sin saber qué hacer.

–Muy bien. Voy a verte.

–¡No sabes dónde estoy!

–Te tengo localizada. Solo te lo he preguntado por cortesía. ¿Habrías hecho lo que te he pedido si hubieras estado sola?

Carmen pasó al lado de Jala para hacer entrar a las doncellas, que volvían con más paquetes. Jala le dedicó una sonrisa tensa a la vez que casi se atragantaba al contestar:

–Me lo habría pensado.

–Mentirosa –dijo Mohab con voz aterciopelada–. Me habrías atormentado. Pero ya que no quieres encender el ordenador, usaremos el teléfono. Primero me mostraré yo.

Jala sintió que le flaqueaban las piernas. Buscó la silla más próxima a la vez que hacía un gesto a sus cuñadas de que todo iba bien, confiando en que se fueran. Pero en lo lugar de eso, siguieron ocupándose de la ropa que habían desempaquetado hasta que Jala estuvo a punto de gritarles que quería quedarse sola.

Mohab continuó con su voz seductora.

–¿Recuerdas cuánto te gustaba desnudarme lentamente con dedos temblorosos y con los dientes castañeteando por la excitación?

–Mohab…

Cuando el nombre escapó de sus labios casi en una súplica, Jala pudo ver que Aliyah y Carmen aguzaban el oído. Por fin tenían la confirmación de quién la estaba atormentando.

–Te dejo con tu compañía con una condición.

–¿Cuál? –preguntó ella con la voz quebrada.

–Que en cuanto te dejen sola, vengas a mí.

Jala agradeció a Carmen y a Aliyah la discreción con la que actuaron una vez colgó, aunque antes de marcharse, percibió que intercambiaban sonrisas furtivas. Estaba segura de que habían atados cabos y habían llegado a la conclusión correcta.

Jala se tomó su tiempo, se duchó, se secó el cabello y se vistió. Luego fue al ala en la que se encontraba Mohab. Al llegar ante su puerta, llamó y se retiró un paso. La puerta se abrió casi instantáneamente, y Mohab apareció, más guapo e irresistible que nunca. Con traje y camisa negros, su piel parecía irradiar luz propia en la tenue luz. Solo se recogía la parte superior del cabello, mientras que el resto le caía en una cortina de seda por el cuello de la camisa.

Jala sintió un golpe de deseo inmediato, pero consiguió no dejarlo traslucir mientras lo miraba fijamente. Mohab se echó a un lado y ella entró, a pesar de que sabía que estaría siendo observada.

Los aposentos eran muy similares a los de ella, aunque olían de manera diferente. El aroma de Mohab, que había ya impregnado el aire, le llenó los pulmones a Jala, le provocó un cosquilleo en la lengua. Su olor inconfundible a virilidad y fuerza, a ardiente sol del desierto y viento abrasador, a terrenos inhóspitos y súbitas lluvias. A fría determinación y pasión devastadora.

La mirada de admiración que Mohab le dirigió tampoco le pasó desapercibida. Jala la aceptó en silencio, pasó de largo por su lado y se volvió. Entonces, con una calma y sosiego premeditados, se dio media vuelta y le dio un puñetazo en la mandíbula.

Capítulo Seis

Jala sintió un dolor insoportable en la mano, en cambio Mohab se limitó a sonreír. Tras unos segundos, se llevó la mano lentamente a la barbilla y se la frotó.

–No sabía que estuvieras tan ansiosa por tocarme –musitó, clavándole una mirada de depredador.

–De haber sabido que querías un puñetazo, te lo habría dado antes.

–Ha sido un gran gancho.

–Vamos, Mohab, podrías haberlo bloqueado si hubieras querido. Lo has visto venir.

–Te equivocas. Estaba cegado porque tenía una diosa ante mis ojos.

¿Por qué insistía en jugar a la seducción? ¿Qué más quería de ella? ¿Buscaba excitarla para doblegar su voluntad?

–Además, si lo hubiera previsto, lo habría esquivado para que no te hicieras daño en la mano.

–¡Como si eso te importara!

–Lo único que me importa en esta vida es cada milímetro de tu cuerpo. Por eso voy a demostrarte cuánto me importas. Pero antes...

Mohab dio media vuelta y fue hacia una pequeña cocina. Al poco, volvió con una bolsa de hielo, le tomó la mano a Jala y se la puso sobre los nudillos.

–La próxima vez, usa un objeto contundente –comentó.

Jala se estremeció. Con el golpe había esperado librarse de la frustración física, y sin embargo, se sentía aún peor. En lugar de conseguir arrancarle la máscara a Mohab, como había conseguido seis años atrás, la conmovía.

Retirando la bolsa de hielo lentamente, Mohab se llevó la mano de Jala a los labios y le besó cada nudillo sin apartar la mirada de sus ojos. Ella se estremeció y sintió una punzada en el vientre. Que Mohab le besara la mano con la que acababa de agredirle, era demasiado. Temblando, la retiró.

Él exhaló y se llevó la suya al cuello. Súbitamente, sonrió y dijo:

–¡Vaya, me has quitado el dolor de cuello!

La espontaneidad del gesto y del comentario, la calidez de su tono y el deseo que se iba apoderando de ella como una serpiente que reptaba en su interior, hizo que Jala se clavara las uñas en la palma de la mano hasta casi provocarse sangre.

–Has conseguido lo que querías: que mis cuñadas se dieran cuenta de todo.

Mohab puso cara de inocencia.

–¿Cómo iba a saber quién estaba contigo o que adivinaban lo que te estaba diciendo?

–Porque me tienes vigilada y porque mis respuesta han hecho evidente que estaba respondiendo a insinuaciones de tipo sexual. Has conseguido dejar claro que soy impura y el papel que tú has jugado en ello. Así, si me echara atrás, me convertiría en la vergüenza de mi familia, que ya conoce mi pecado. En cambio tú, te has guardado el papel de redentor, puesto que estás dispuesto a casarte conmigo.

Mohab soltó una carcajada.

–¿De dónde sacas eso? Si piensas que tus cuñadas sospechan algo y te molesta, me ocuparé de aclararles las cosas. Soy incapaz de premeditar cosas cuando se trata de ti.

Sintiendo que la cabeza iba a estallarle, Jala dio media vuelta, pero un brazo de hierro la tomó por la cintura.

–He pasado la noche en vela, Jala –susurró Mohab cuando la atrapó contra su cuerpo–. Ayer te dejé ir porque pensé que necesitabas un poco de espacio, pero en cuanto llegué aquí me arrepentí. Solo podía pensar en tenerte.

Jala se liberó de su abrazo.

–No hace falta que sigas con esto.

–No puedo evitarlo, no puedo dejar de desearte.

–Mohab, hablo en serio. Para. He accedido a participar en esta farsa, no hace falta que sigas con tu juego de seducción.

Mohab alargó los brazos hacia ella de nuevo, pero los dejó caer.

–¿Por qué iba a fingir si he conseguido ya lo que quiero?

Jala se encogió de hombros.

–Nunca he entendido tus motivos.

–¿No dijiste ayer que lo sabías todo?

Jala ya no sabía qué pensar ni qué sentir. La

reacción de Mohab a su puñetazo había sido, primero de leve sorpresa, luego de inmediato perdón. En ningún momento había manifestado la menor ira o deseo de venganza; como si hubiera sido sincero al decir que aceptaría cualquier cosa que procediera de ella, como si aceptara de buen grado que ella le infligiera un castigo si con ello su enfado por él fuera disminuyera.

Vio por el rabillo del ojo algo que se movía.

–¡Un gato!

Se trataba de un magnífico ejemplar de Angora que caminaba plácidamente hacia ellos.

–¿De quién será? –preguntó Jala, sorprendida.

Observó la expresión de ternura que adoptó Mohab.

–Claro, es mía. O quizá debería decir que yo soy suyo –se inclinó para acariciar a la gata y la gata se subió a su regazo. Mohab la tomó en brazos y la estrechó contra su pecho.

La gata ronroneó sonoramente.

–¿Quién se acaba despertar de la siesta? –le susurró Mohab.

Jala no daba crédito. Mohab, el implacable, derritiéndose por una gata. Percibió otro movimiento y, al volverse, vio tres gatos más.

Uno de ellos, una miniatura de pantera negra, fue al trote a los pies de Mohab y se frotó contra sus piernas. Los otros dos, un *fold* escocés y un azul ruso, se unieron a ellos en un ensordecedor ronroneo.

Mohab, con dos de ellos en brazos, miró a Jala con la expresión de un padre orgulloso.

–Aquí tienes a mi orgullo y mi felicidad. Son mi familia.

La palabra «familia» le atravesó el corazón a Jala igual que la primera vez que Mohab le había contado su historia. Era hijo único y, como ella, huérfano de padre y madre. Solo que en lugar de perderlos por enfermedad o tristeza, los suyos habían muerto en un ataque terrorista que en realidad iba dirigido a él.

Cada vez que recordaba que había usado esa información para hacerle daño, se sentía mortificada. Había cosas que jamás debían usarse como arma. Había actuado de manera deshonesta al usar una herida tan dolorosa y profunda para vengarse de él. No había dejado de atormentarle saber que le debía una disculpa por aquella trasgresión.

–¿Viajas con ellos?

–Claro, ¿no viajan los padres con sus hijos? –preguntó él, agachándose para dejar a los gatos en el suelo.

–No me habías dicho que tuvieras gatos –dijo Jala con la garganta atenazada por la emoción.

–Porque entonces no los tenía. Siempre me han encantado los gatos, pero mi trabajo no me permitía tenerlos. Después de dimitir y poner en marcha un proyecto personal que me hizo recorrer el mudo hace cinco años, establecí mi propio negocio. Fue entonces cuando recogí a estas bellezas de un refugio de animales –súbitamente, puso gesto preocupado–: ¿No te gustan los gatos?

–Me vuelven loca. Tuve tres cuando vivía aquí,

pero la vida que he llevado tampoco me ha permitido tenerlos.

Mohab sonrió.

–Pongamos a prueba esa afirmación. Mis gatos detectan a los amantes de su especie. Dejemos que te reconozcan. Pero te advierto que su veredicto es definitivo e irrevocable.

Jala tragó saliva, consciente de que, aunque debiera darle lo mismo, estaba ansiosa por pasar el examen.

–¿Cómo sabrás si les gusto?

–¿Cómo muestran los gatos su aprobación?

–Cada uno a su manera.

–Exactamente –sonriendo, Mohab fue hacia uno sillones, se quitó la chaqueta, la tiró al suelo y dejó que los gatos subieran a ella.

Jala se estremeció al pensar que iba a desnudarse. Mohab se dio la vuelta y ella pudo verle la espalda, que era todo músculo y fibra, haciéndola salivar. Luego, al llegar junto a un sofá granate, se volvió, y vio su torso espectacular.

Jala sintió que los pechos se le llenaban al instante, se le endurecían los pezones y un húmedo calor se le asentaba en el centro.

Entonces Mohab se sentó en el sofá con las piernas abiertas y acarició el espacio a ambos lados de su cuerpo. La invitación iba dirigida a sus gatos, que subieron a toda velocidad y comenzaron a frotarse contra él, intentando alcanzar su cara y lamerlo. Mohab se entregó a sus ataques con expresión de felicidad y una mirada seductora clavada en Jala.

Mohab tomó el *fold* escocés y le besó la cabeza.

–Este es Mizar –dijo. Dejándolo, tomó el azul ruso, que, impaciente, pedía su turno–: Este, Nihal –lo dejó y tomó entonces al cachorro negro–. Y este es Rigel.

–Ah –dijo entonces ella–. ¡Son todos nombres de estrellas!

Mohab la miró con aprobación.

–Así es. Veo que sigues siendo una mujer sabia.

Jala sintió un nudo en el estómago. Mientras estuvieron juntos, tener la aprobación de Mohab siempre le había proporcionado una deliciosa satisfacción; y él se la había dado a espuertas.

–Y esta es Sette, la reina de la casa –la gata blanca saltó sobre su regazo, se ovilló y ronroneó al recibir las caricias de Mohab–. Pero tú puedes ser mi reina humana.

Reina. Jala no se hacía a la idea de que Mohab ya no era solo un príncipe y que, de casarse con él, ella sería reina. Pero eso no sucedería. Mohab tendría que buscarse a otra.

Ese pensamiento la atravesó como un hierro al rojo.

Llevaba años ahuyentado de su mente aquella idea, manteniéndose ocupada para no imaginar a Mohab con otras mujeres a pesar de que sabía que había tenido cientos.

–¿Podemos proceder a la prueba?

Los gatos, al percibir que se acercaba, se pusieron alerta, alzando las orejas y clavándole la mirada.

Jala se sentó en el extremo opuesto del sofá, evitando tocarlos. Mizar fue el primero en acercarse, olisqueándola tentativamente Aunque Jala habría querido tomarlo y estrecharlo contra sí, se limitó a tenderle la mano para que la olfateara.

–*Ma ajmalak ya sugheeri*... ¿Tienes idea de lo precioso que eres? –susurró. Y Mizar apretó la cabeza contra su mano. El corazón de Jala se hinchió con el afecto que solo reservaba para los animales–. ¡Claro que lo sabes, juguetón!

El gato se subió a su regazo y le rozó la barbilla con el morro.

Jala rio.

–Tuve un gatito tan dulce como tú y siempre lo he echado de menos –dijo.

Nihal le rozó, y Jala le ofreció la mano, pero el gato se saltó los preliminares, se frotó contra su costado y se acomodó a su lado con una pata en el muslo. Rigel saltó del sofá, le olisqueó los pies y trepó de nuevo, uniéndose a la fiesta. Finalmente, Sette se levantó del regazo de Mohab, fue hacia ella lentamente y, empujando a Mizar, ocupó su puesto en el centro del regazo de Jala.

Repartiendo caricias, con el corazón bailando al tempo de los constantes ronroneos, Jala miró a Mohab con una amplia sonrisa.

–¡No hay mejor manera de morir que asfixiada por unos gatos!

Sin sonreír, Mohab se puso en pie y se colocó delante de ella, con las piernas rozando las de ella. Luego se arrodilló. Jala contuvo el aliento cuando él se inclinó hacia delante y le pasó las manos por detrás de la espalda.

–No solo has pasado el examen, *ya jameelati*. Ni

siquiera fueron tan rápidos conmigo. Te acaban de condecorar con el título de Gran Señora de los Gatos.

Jala sonrió con labios temblorosos. Mohab ahuyentó a los gatos, que se acomodaron a ambos lados, y haciéndole abrir las piernas, se estrechó contra ella. Su torso desnudo la quemó a través de la ropa; su sexo endurecido le presionó la entrepierna. Jala observó su rostro aproximarse con el fatalismo de quien viera un tren acercarse.

–¿Y por qué no vivir entre gatos? –dijo él, rozándole la barbilla con los labios y subiendo hacia su oreja–. Yo y mi familia estamos a tu disposición, *ya jameelati*. Tómanos.

Aquella oferta podía haber sido todo lo que Jala hubiera deseado en la vida de haber sido sincera. Pero al no serlo, solo representaba dolor.

Empujó a Mohab débilmente.

–He dicho que diría que me iba a casar contigo, no que vaya a hacerlo.

Mohab la estrechó con más fuerza.

–Y yo aceptaré con gratitud lo que estés dispuesta a darme. Aunque no te cases conmigo, puedes tenerme.

–¿Crees que voy a olvidarlo todo y a caer en tus brazos de nuevo?

–El pasado pertenece al olvido. Tú en cambio, a mis brazos.

Jala creyó perder la cabeza. Odiaba a Mohab por provocarla, por recordarle lo maravilloso que era fundirse con él en un solo cuerpo, ahogada de placer, rebosando satisfacción.

–Tú y el demonio sois viejos amigos, ¿verdad? –dijo, resoplando.

Mohab se limitó a sonreír. Debía intuir que empezaba a quebrar su voluntad. Pero Jala no estaba dispuesta a dejar que sucediera después de seis años de condena. No iba a permitir que sus hormonas la dominaran.

–¿Por qué me haces esto? –preguntó.

–Porque no puedo evitarlo. Haría cualquier cosa por volver a saciarme de ti.

Jala miró fijamente a Mohab y solo encontró sinceridad en sus ojos, como si, aunque lo demás fuera mentira, su deseo por ella fuera genuino.

Años de desconfianza y de desprecio hacia sí misma colapsaron súbitamente. Y como si lo percibiera, Mohab la besó, atrapando en sus labios su gemido de rendición.

Entonces Jala se sintió arrastrada por Mohab que, echándose sobre la alfombra, la colocó encima de él, y en una nebulosa notó que los gatos bajaban al suelo y los olisqueaban como si quieran asegurarse de que estaban bien.

Mohab le tomó el rostro entre las manos y, dirigiéndose a los animales, dijo:

–Voy a hacer el amor a Jala, así que dejadnos en paz.

Como si le entendieran, los gatos se fueron. Mohab volvió su atención a Jala, la atrajo hacia sí y la besó, a la vez que mecía su sexo endurecido entre sus muslos. Jala se disolvió en su boca, sus sentidos se exacerbaron con cada caricia, cada empuje, cada gemido…

«Recuerda lo que te puede pasar si te entregas; recuerda el dolor que puede causarte».

Aun sintiendo que dejaba parte de sí pegada a Mohab, se soltó y, torpemente, se sentó en el sofá.

–Muy bien, me deseas. ¿Qué te parece si hablamos de tus transgresiones?

–¿No te parece que ya las hemos comentado suficiente? –preguntó él con la mirada velada por la pasión.

Jala, todavía temblorosa, dijo:

–Contigo siempre hay nuevas. Por ejemplo, que me hayas espiado.

Con un resoplido de resignación, Mohab se puso en pie y se sentó junto a Jala.

–No he podido evitarlo –con la cabeza apoyada en el respaldo, giró la cabeza hacia ella; sus rostros quedaron a unos milímetros–. Jala, cada uno a su manera, los dos tratamos de salvar el mundo. Pero yo soy el especialista en evitar peligros, y tú llevas una vida muy peligrosa.

–¡Hago trabajo de cooperación humanitaria!

–En los países más peligroso del mundo –ante la mirada asombrada de Jala, añadió–: No puedo vivir temiendo por tu seguridad, así que me aseguro de que estés a salvo.

–¡Yo me valgo por mí misma! –exclamó, indignada.

Mohab le dirigió una mirada con la que pareció indicar lo contrario. Jala se irguió como un resorte.

–¿Insinúas que me has salvado de algún peligro sin yo saberlo?

Otra mirada de Mohab le confirmó que la había salvado más de una vez. Pero Mohab sacudió la cabeza y dijo:

–Olvídalo. Lo importante era que no te estaba espiando, sino cuidando de ti.

Jala sintió estrecharse el nudo que sentía en la garganta. Si aquello era verdad, su opinión de Mohab y de sus intenciones podría cambiar radicalmente. Y no estaba segura de estar preparada. Para defenderse, se aferró a una de sus sospechas.

–¿No será que temías que intentara volver junto a Najeeb?

Mohab soltó una carcajada desdeñosa.

–¿Qué crees que habría hecho en ese caso? Creí que lo habías hecho en el pasado y no hice nada al respecto –al ver la mirada enfurecida de Jala, añadió–: No le dije nada de ti.

Jala lo creyó en aquella ocasión.

–Solo después averigüé por qué Najeeb había cortado todo contacto contigo –añadió Mohab, refiriéndose a lo que el rey Hassan le había contado a Najeeb de Jala.

Y ella no se molestó en aclararle que había sido ella quien le había impedido a Najeeb que volviera a contactarla.

Mohab seguía contándole su versión:

–Entonces desapareciste y tardé meses en localizarte. Cuando reapareciste, me juré no perderte la pista nunca más.

Jala suspiró.

–Si te digo que te creo, tienes que prometer que dejarás de hacerlo.

Mohab debió interpretar el comentario como una tregua, porque se inclinó hacia ella y con voz persuasiva susurró:

–¿Por qué no me quieres de ángel de la guarda? Hay quien paga millones por mi protección, mientras que tú la tienes gratis.

Había alargado los brazos hacia Jala, pero esta lo empujó y se puso en pie para resistir la tentación de dejarse atrapar. Habían pasado demasiadas cosas, demasiado deprisa. Necesitaba reflexionar; pensar antes de tomar decisiones precipitadas.

Con un resoplido de frustración, Mohab se puso también de pie y, mirándola con solemnidad, dijo:

–Todo lo que te he dicho es verdad, excepto una cosa.

Jala contuvo el aliento a la espera de lo que fuera a decir.

Como si tuviera que arrancarse las palabras de la boca, Mohab concluyó:

–No tienes que casarte conmigo. Ni siquiera tienes que fingir que lo harás. Podrías marcharte ahora mismo, y no habría guerra.

Capítulo Siete

Mohab se miró en el espejo y llegó a la conclusión de que estaba loco.

Después de conseguir que Jala accediera a un fingido compromiso nupcial; tras haberla seducido y comprobado que sentía el mismo deseo que lo devoraba a él, cuando ya sabía que era cuestión de tiempo volver a tenerla en su cama, le había dicho la verdad.

Fue a la cocina para dar de comer a los gatos, que caracoleaban alrededor de sus pies. Ni siquiera ellos le servían de consuelo, pues le recordaban la alegría de Jala al conquistarlos. Cuando les puso la comida en el plato les dijo que lo dejaran solo y, como de costumbre, como si le comprendieran, se fueron.

Mohab contempló los magníficos aposentos en los que Kamal le había alojado y, una vez más, se asombró de estar allí. Un Aal Ghaanem invitado de honor de un Aal Masood. Y él, Mohab, había hecho volar por los aires todo lo que Kamal y él habían conseguido.

Todavía podía ver a Jala frente a él, mirándolo perpleja en silencio hasta que dijo una sola palabra:

«Explícate».

Él le había dicho toda la verdad, sin guardarse ni un detalle. Tras escucharlo, Jala se había dado media vuelta y se había ido.

Eso había sucedido tres días atrás. Jala había dejado el palacio aquella misma noche, y aunque él había creído que abandonaría Judar en el primer vuelo, el servicio secreto le había dicho que se había registrado en un hotel, al otro lado de Drugham. Mudarse a la capital había sido su forma de dejar claro que no quería tener nada que ver con el palacio, ni con él. Aunque la llamó, no obtuvo respuesta. No contestaba el teléfono a nadie. Luego, lo apagó.

Mohab resopló y fue a las puertas que daban al jardín. Tenía que convencerse de que había hecho lo correcto. Ya había mentido demasiadas veces a Jala. Tras saber por ella que no lo había dejado por Najeeb sino por su falta de sinceridad, no había podido comportarse de otra manera. Necesitaba que Jala lo aceptara por sí mismo, y para ello tenía que ser honesto.

Y Jala había decidido rechazarlo.

El único motivo que lo retenía en Judar era saber que ella seguía allí, pero estaba seguro de que no tardaría más de un par de días en marcharse. Y todo habría acabado entre ellos.

Un gruñido de exasperación le escapó de los labios. Había hecho una apuesta difícil para intentar recuperarla y había perdido. Todo había dependido de su habilidad para reconquistarla, pero no lo había logrado.

Si había fracasado no era tanto por haberle dicho toda la verdad como por haber iniciado aquella aproximación una vez más bajo falsas premisas. De nuevo, había calculado mal las consecuencias de sus actos. Él, el gran estratega, se comportaba como un idiota si lo que estaba en juego era Jala.

Con un rugido de rabia dejó la habitación para ir a despedirse de Kamal.

–Eres mucho mejor persona de lo que pensaba.

Mohab cerró los ojos al oír la voz de Kamal a su espalda. Que se le hubiera acercado sin percibirlo era una prueba palpable del estado mental en el que se encontraba.

–Iba en tu busca –dijo, volviéndose.

–Y yo iba a llamarte, pero quería verte en persona ahora que las cosas han cambiado y han dejado de ser un plan para convertirse en realidad.

Mohab no entendió una palabra. Pero Kamal continuó:

–Estaba seguro de que Jala me propondría una manera de evitar la guerra en la que ella no estuviera implicada –dejó escapar una risa–. No sería la primera vez que se le ocurren soluciones para resolver crisis en las que no había pensado nadie más.

Mohab lo sabía y la admiraba por ello. Lo que no comprendía era por qué Kamal se lo contaba en aquel momento.

Kamal le había hecho retroceder hacia sus aposentos mientras hablaba.

–Al enterarme de que se había ido, supuse que

si quería volver a verla tendría que ir tras ella. Pero Jala la impredecible había dejado el palacio para alojarse en un hotel de tres estrellas.

–Lo sé.

Kamal sonrió con afecto.

–Nunca le gustó el lujo, pero su trabajo la ha vuelto alérgica a él. Además de su empeño en ser independiente. *Ya Ullah!* –la exclamación sobresaltó a Mohab–. Me habían dicho que habías traído gatos, pero pensé que se equivocaban.

Los gatos de Mohab habían acudido y observaban al desconocido con cautela.

Kamal se agachó con una amplia sonrisa y les ofreció una mano para que la olfatearan.

–¡Cuatro gatos! ¡No dejas de sorprenderme, Mohab! ¡Vas a ser el tío favorito de mis hijos!

Mohab hizo una mueca al darse cuenta de que Kamal seguía creyendo que Jala y él se iban a casar.

–Escucha, Kamal…

Kamal se incorporó con Mizar en brazos y sonriendo de oreja a oreja.

–Estoy deseando saber cómo lo hiciste. Sabía que eras eficaz, pero esto roza la magia.

Mohab necesitó aclaraciones.

–¿De qué demonios estás hablando?

–De Jala, por supuesto. Acaba de llamarme para que empiece los preparativos de la boda.

Kamal se fue y Jala lo llamó para confirmarle que no estaba soñando y anunciarle que el compromiso se celebraría durante la cena del día siguiente. Cuando Mohab le dijo que quería verla, ella colgó, dejándolo tan confundido que llegó a preguntarse si no habría sido una grabación.

Pero le dio lo mismo. Solo sabía que era su tercera y última oportunidad y que no iba desperdiciarla. Y para eso, debía librarse de la expresión extraviada que tenía, aunque el hombre en chaqué que se reflejaba en el espejo parecía elegante y refinado, tenía cara de lobo hambriento.

–Ahora entiendo por qué no has oído cuando he llamado, estabas admirando tu imagen.

Mohab se volvió bruscamente. ¡Jala!

Si siempre había sido su ideal físico, aquella noche, con un traje de pedrería dorada que se le pegaba a las curvas, estaba espectacular.

Jala caminó hasta las puertas que daban al jardín y se detuvo a contemplar la vista. Mohab la siguió lentamente, como si temiera que fuera a desaparecer. Ella se volvió para mirarlo por encima del hombro.

–Has dicho que querías hablar –dijo.

–Como has colgado, pensaba que no me ibas a dar la oportunidad.

–He decidido que debíamos vernos antes de encontrarnos con nuestras familias por primera vez.

Mohab le rodeó la cintura con los brazos y la pegó contra su pecho.

–Pensaba que no iba a volver a verte. *Jala, habibati...* –la hizo girarse y la besó apasionadamente.

Olvidándolo todo, la estrechó contra sí, sus manos la recorrieron, le levantó la falda y la sujetó por las nalgas.

Jala se separó de él bruscamente.

–No estoy aquí para esto –dijo, a la vez que con manos temblorosas se alisaba el vestido–, sino para explicarte por qué he tomado esta decisión.

–Mientras no hayas cambiado de idea, me da lo mismo.

–No estés tan seguro. Puede que no hayas calculado bien.

Mientras tuviera a Jala, Mohab no temía haberse equivocado.

–Crees que puedes convencer a tu tío y resolver la crisis sin mi participación –continuó Jala–. Y aunque te agradezco que por una vez fueras sincero, aun en contra de tus intereses, creo que te equivocas al pensar que no me necesitas para conseguir tu objetivo. Si se tratara de otra persona, puede que estuvieras en lo cierto, pero con la personalidad volátil del rey, la tensión puede escalar si no le satisface el porcentaje que le ofrezcas; o si siente que le traicionas. Es capaz de iniciar una guerra contra ti.

–¿Qué quieres decir exactamente? –preguntó Mohab con suspicacia.

–Que la boda debe seguir adelante porque es la única solución que no lo humilla, y porque si tú tienes la deferencia de cederle el protagonismo, le permitirás salvar su orgullo al vincular su nombre con la paz.

Kamal tenía razón. Jala era totalmente impredecible. Y como decía su hermano, era capaz de analizar la situación con clarividencia y proponer la mejor solución para todas las partes.

–Eres muy astuta, además de generosa por haberte molestado en pensarlo y estar dispuesta a ayudar, incluso después de que te intentara convencer bajo falsas premisas.

–Se ve que la segunda vez duele menos –antes de que Mohab le prometiera que no volvería a pasar, Jala continuó–: En cualquier caso, soy tu mejor baza y he decidido ayudar.

–*Ashkorek, ya jameelati* –dijo Mohab, atrayéndola de nuevo hacia sí.

Jala volvió a separarse; empezaba a convertirse en un hábito.

–No me des las gracias todavía. Se supone que con esto será más fácil que tu tío colabore, pero no estamos seguros de lograrlo.

Mohab se metió las manos en los bolsillos para evitar alargarlas hacia Jala.

–No me importa el resultado, sino tus intenciones.

Jala lo miró inexpresiva.

–Parece que hoy nada te importa; o quizá para ti es lo normal –se encogió de hombros–. Deberías empezar a practicar. Ser rey es muy distinto a ser un exterminador.

–Si alguien puede enseñarme, eres tú, mi reina.

Mohab creyó ver una leve vacilación en la mirada de Jala. Pero cuando continuó, estuvo claro que estaba decidida a evitar el terreno personal.

–En cuanto a la cena, está claro que mis cuñadas llegaron a sus propias conclusiones respecto a nuestra relación y se lo han contado a mis hermanos, así que saben que nos conocemos íntimamente. ¿Cómo quieres que actuemos ante ellos y ante tu familia?

Mohab se llevó las manos de Jala a los labios.

–Pienso demostrar a todo el mundo lo orgulloso que estoy de ser tu prometido, y que es lo que he deseado desde el día que te vi por primera vez.

Jala retiró las manos.

–No hace falta que exageres, o les harás sospechar.

Seguía sin creerlo, y Mohab no la culpaba.

–Entonces, ¿mantienes nuestro acuerdo original? –preguntó, conteniendo el aliento con la esperanza de que Jala dijera que estaba dispuesta a ir más allá y convertir el matrimonio en realidad.

Jala suspiró y se limitó a decir:

–Sí.

Capítulo Ocho

Cuando Mohab y Jala entraron en el gran comedor del palacio, las nueve personas que estaban sentadas a la mesa se levantaron y aplaudieron. Pero Mohab solo vio a una: Najeeb. ¿Qué demonios estaba haciendo allí?

De acuerdo a las instrucciones de Jala, solo era necesaria la presencia de los implicados en el proceso de paz, lo que significaba Kamal y su reina, el tío de Mohab y su reina, y ellos dos.

Cuando su tío que no podría atender la reunión por enfermedad, se sintió aliviado. Hassan había prometido enviar una joya del tesoro de Saraya como regalo para Jala, pero no había mencionado a Najeeb.

A este lo acompañaban dos de sus hermanos, Jawad y Haroon. Pero era la presencia de Najeeb, al que llevaba años evitando, la que lo inquietó.

–*Fi seh'hut al aroosain* –Kamal alzó la copa brindando por la salud de los novios.

Los presentes alzaron las suyas, excepto Najeeb.

–¿Así que he tenido que acceder a casarme con un Aal Masood para que vosotros, hombres cavernícolas, dierais fin a vuestras rencillas?

Una carcajada general recibió la broma de Jala,

a la vez que esta se separaba de Mohab y la abrazaban y besaban sus hermanos y cuñadas. Luego se volvió hacia los primos de Mohab y este vio con resquemor el afecto y la calidez que les dispensaba, cuando a él solo le dedicaba frialdad.

Entonces le llegó el turno a Najeeb, y ver la ternura con la que se miraron y sonrieron le disparó los celos hasta tal punto que ni siquiera fue consciente de la bienvenida que le daba su futura familia política, porque la visión de Najeeb inclinando la cabeza hacia Jala hizo que le hirviera la sangre.

–Cálmate, Mohab, o Najeeb va a caer fulminado.

Quien así hablaba era Shebab, que lo miraba con expresión risueña.

–Te aseguro que no me importaría –dijo Mohab entre dientes.

Shebab rio quedamente.

–Si Najeeb muriera, Jawad sería su sustituto. Y me temo que solo Najeeb con su energía y sabiduría puede lidiar con tu tío.

Mohab tuvo que morderse la lengua para no soltar un improperio.

–Tienes que entender que cualquier hombre babee ante Jala –dijo Shebab.

–¿Pretendes que le rompa la cara a mi primo y pase la noche en el calabozo de tu hermano?

Shebab rio de nuevo, interpretaba la furia de Mohab como afecto hacia su hermana.

–Te aseguro que sería mucho más entretenido que esta aburrida cena que tú y tu prometida habéis programado.

Farah, la mujer de Shebab, volvió sus ojos esmeraldas a él y preguntó:

–¿Me estoy perdiendo algo?

Shebab la atrajo hacia sí con una sonrisa de adoración.

–Mohab está tan loco por Jala que ha entrado en crisis al verla saludar a viejos amigos.

Farah quitó importancia a la escena con un gesto de la mano.

–Jala y Najeeb son amigos desde hace años.

–Lo sé –dijo Mohab en tensión–. Fui testigo de su encuentro –al ver la cara de sorpresa de Farah, añadió–: Fui yo quien solucionó la crisis de los rehenes.

El rostro de Farah se iluminó.

–¡Tú eres el caballero andante! ¡Qué romántico que después de salvarle la vida te conviertas en su príncipe azul!

–¡Es aún más romántico que nuestro encuentro! –dijo Shebab, mirando a Farah con una dulzura que empalagó a Mohab.

–¿Te refieres a la trampa que me tendiste? –dijo Farah, dándole con el codo suavemente y explicando a Mohab–: Este modélico marido, se aproximó a mí disfrazado de tuareg para seducirme y casarse conmigo porque creía que era la hija ilegítima del rey Zohayd; todo por mantener la paz en Judar.

Mohab rio. Seducir a una mujer por el bien del reino y terminar enamorándose de ella parecía ser una epidemia en la región.

–Empecemos la celebración –dijo Kamal.

Aprobada la propuesta, los reunidos ocuparon su lugar en la mesa. Mohab se encontró rodeado de la familia de Jala, mientras que a ella la rodeaba la de él.

Se sirvió una cena espléndida, pero Mohab apenas probó bocado. En cierto momento, contemplando las caras de felicidad de las parejas que los acompañaban, llegó a la conclusión de que los Aal Masood sufrían de altos niveles tóxicos de romanticismo, y que estar cerca de ellos era perjudicial para su salud mental.

Pero más aún le preocupaba la sensación de que las cosas entre Jala y él no fueran bien, y que antes o después, alguien lo notaría. Pero como si quisiera ahuyentar cualquier duda, Jala se levantó y fue hacia su hermano Farooq. Inclinándose sobre su espalda, lo rodeó con los brazos y le besó la mejilla.

–¿Me puedo llevar ya a mi prometido ahora que ya lo habéis interrogado?

–¡Como si eso fuera posible! –bromeó Farooq–. Supongo que es lo propio de su profesión. Además, apenas ha comido, porque estaba demasiado ocupado mirándote.

Kamal rio.

–Seguro que habría preferido una celebración más íntima. Esta cena ha sido una autentica tortura para él.

–Como debe ser –dijo Shebab, guiñando el ojo a su hermana–. En otra era, le habríamos hecho superar un sinfín de pruebas antes de otorgarle tu mano.

Mohab hizo una mueca y dijo:

–Deberíais ponerme aprueba. El honor de casarme con vuestra hermana merece eso y mucho más.

Y no bromeaba. Habría hecho lo que fuera por Jala, porque ya no se trataba de un deseo que ansiara saciar, sino de la necesidad de conquistarla para siempre. Por fin había tenido que aceptar lo que era verdad desde que la había visto por primera vez: que amaba a Jala y que su amor por ella solo podía ir a más.

Sus miradas se encontraron y Mohab quiso trasmitirle sus sentimientos en silencio, porque su único objetivo desde ese momento sería cuidar de ella, convencerla para que lo aceptara y le dejara amarla con toda su alma y su corazón.

Pero percibió algo en la mirada de Jala que le aceleró el corazón; un profundo dolor que le hizo ponerse pie a la vez que lo hacía Farooq para cederle su puesto a Jala. Mohab le ayudó a sentarse, intentando encontrar su mirada de nuevo y confirmar lo que había creído percibir. Pero Jala le dedicó una sonrisa impersonal al tiempo que le dio las gracias y que sus hermanos seguían haciendo bromas a costa de él.

–Ni lo sueñes, misión imposible –dijo Shebab–. Para ti enfrentarte a situaciones peligrosas es mucho más fácil que atender una acto social como este.

Kamal suspiró.

–Espera a ser rey. Vas a tener que aguantar tanto que echarás de menos tu caótica vida.

Ocupando el lugar que Jala había dejado entre los primos de Mohab, Farooq añadió:

–Yo podría hacer uso de tu disposición a hacer lo que haga falta por Jala. Tengo algunos problemas... crónicos que requieren atención.

Mohab le tomó la mano a Jala y sintió un enorme alivio al comprobar que ella no lo rechazaba.

–Hazme una lista y dalos por resueltos.

Farooq sonrió a Jala.

–Decidido, me gusta tu prometido.

–¿Por qué no le pides mil camellos rojos como parte del trato? –bromeó Carmen.

Todos rieron ante aquella alusión de Carmen a una de las leyendas más famosas de la región, la historia de amor entre Antarah y Ablah. Antarah, un esclavo que consiguió la libertad haciendo actos heroicos pero al que el padre de Ablah, que no quería concederle su mano, envío a cumplir la empresa imposible de conseguir camellos en territorio enemigo, desarmado y sin nada que ofrecer a cambio. Antarah superó esa última prueba y finalmente consiguió a Ablah.

Ninguno de los presentes era consciente, pensó Mohab, de que su misión era mucho más difícil que cualquiera de aquellas, puesto que consistía en conquistar el corazón de Jala.

Tras un rato de charla animada, se sirvió el postre.

Jawad, el primo que había estado más dicharachero, sonrió de oreja a oreja y comentó:

–Cuando Najeeb nos dijo que habían echado el lazo a Mohab, no podíamos creerlo.

–Hasta que vimos a Jala... y a las demás mujeres aquí presentes –añadió Haroon, haciendo un gesto amplio con la mano–, y lo comprendimos a la perfección.

Najeeb miró a sus hermanos contrariado.

–Ya sabía que no debía permitiros venir. Ahora comprendo cómo empezaron las hostilidades entre los dos países. Debieron instigarlas hombres con la boca y los ojos tan grandes como vosotros.

Najeeb puso los ojos en blanco y luego, dirigiéndose a Kamal, añadió:

–¿Ves lo que tengo que aguantar? Ahora que conoces a mis posibles herederos, seguro que valorarás más a los tuyos.

–¡Kamal nos valora muchísimo! –dijo Farooq con sorna, arrancando un gruñido a Kamal–. En cambio tú, Najeeb, mereces compasión.

Mohab aprovechó para ponerse en pie.

–Quiero agradeceros a todos que hayáis querido celebrar esta ocasión con Jala y conmigo –barrió con la mirada a los congregados y continuó–: Pero aunque os agradezco la bienvenida y me reafirmo en mi juramento de lealtad y obediencia, Kamal tiene razón, estoy deseando quedarme a solas con Jala. Así que, por favor, continuad con la celebración, y comprended que queramos disfrutar de nuestra intimidad.

Cuando ayudó a Jala a ponerse en pie, el corazón se le encogió una vez más al ver la mirada que esta intercambiaba con Najeeb. Shebab y Farooq hicieron más bromas, mientras que Kamal miró a Mohab y a Jala con suspicacia.

Debía haber notado la actitud distante de Jala y, conociendo como conocía a su hermana, sabía que su actitud no tenía que ver con una súbita timidez, sino con que algo no iba bien.

Aun así, y manteniendo el apoyo que le había dispensado hasta ese momento, hizo un teatral gesto de magnanimidad y dijo:

–Os disculpamos, pero solo porque ahora que me has jurado lealtad y obediencia puedo hacer lo que quiera contigo.

Tras una carcajada general, Jala dijo:

–Debo advertiros que aun cuando la lealtad la tengáis asegurada, ya sabéis que la obediencia es relativa –y guiñando un ojo a sus cuñadas, añadió–: ¿Verdad, señoras?

Una nueva carcajada recibió el comentario, y con un saludo de la mano, Jala fue hacia la puerta, seguida de Mohab.

En cuanto se alejaron unos pasos, Mohab abrió una puerta, tiró de Jala hacia dentro y la besó. En segundos, la presionaba contra la pared y saboreaba su boca a la vez que le hacía sentir su sexo. Hasta que, súbitamente, Jala lo empujó.

Mohab entonces la bajó al suelo, pero la mantuvo pegada a él.

–Deja que te ame, *ya jalati* –susurró–. Sé que me deseas tanto como yo a ti

–Este no era el acuerdo –dijo ella jadeante.

–¿Por qué no nos das otra oportunidad?

–Porque no quiero. Voy a interpretar mi papel hasta que tu tío firme los acuerdos. Luego me marcharé. Es lo que tengo que hacer.

Su tono desesperado hizo retroceder a Mohab. Amándola como la amaba, solo quería su felicidad, aunque eso significara perderla. No podía intentar seducirla si la perturbaba hasta aquel punto. Aunque no tenerla pudiera matarlo, prefería morir que hacerle daño.

–Mi tío va a mandar una joya para del tesoro de la familia real. Eso vale tanto como una firma –dijo, abatido.

Jala lo observó en silencio antes de susurrar:

–Me alegro. Me refiero a la firma, no a la joya.

Mohab sabía que las cosas materiales no le importaban lo más mínimo.

–Tengo listos los borradores de los acuerdos. En cuanto Kamal los apruebe, se los presentaré a mi tío. Tal y como sospechabas, aunque la cantidad destinada a Saraya es generosa, no hubiera accedido si no hubiéramos sellado el acuerdo con una boda. No creo que represente ya ninguna amenaza para la paz.

Jala lo miró intrigada y obviamente sorprendida por el cambio de actitud.

Mohab suspiró profundamente y añadió:

–Está claro que si alguna vez tuve una oportunidad contigo, la he desaprovechado. Participaré en los preparativos de la boda para que tanto Kamal como mi tío crean que todo va según lo planeado. No me resultará difícil presionar para que los acuerdos se firmen lo antes posible. En cuanto lo hagan, contaré la verdad y asumiré las consecuencias. Hasta entonces, me inventaré una buena excusa para tener que dejar el palacio. Me iré por la mañana para que no tengas que seguir soportando mi presencia.

Capítulo Nueve

Algo sacó a Mohab de su alterado dueño. Su corazón, que había permanecido tranquilo en medio de los mayores peligros, se le aceleró hasta casi dolerle.

Solo Jala tenía ese efecto en él. ¿Le habría pasado algo? Mohab se incorporó como un resorte.

–Perdona que te haya sobresaltado.

Mohab se sintió como si lo atravesara un rayo. ¿Jala? ¿En su cama?

Inclinada sobre él, cubierta en seda blanca, con la luz plateada de la luna como única iluminación y el cabello suelto, rozándole los muslos, parecía una diosa.

Tenía que ser un sueño. Y aun así, se sentía despierto y Jala parecía de carne y hueso. Pero no era posible. No después de la desesperación con la que lo había rechazado.

–No podía seguir separada de ti, ni dejar que te fueras sin decirte que todavía te deseo. Ahora más que nunca.

Aquellas palabras tenían que ser verdad, porque ni en sueños habría sido él capaz de inventarlas. Quizá no eran las que quería oír, pero eran mucho más de lo que se merecía.

Mohab alargó la mano hacia su rostro, temiendo que fuera un fantasma. Pero sus dedos tocaron su piel de terciopelo. Dejando escapar un gemido, encendió la luz de la mesilla. Tenía que verla.

Al volverse, descubrió que llevaba un camisón de encaje a juego con una bata, y que eran de color marfil, lo que acentuaba el tono dorado de su piel. Entonces la miró a los ojos y vio que por fin le permitía ver lo que sentía: un profundo anhelo.

Excitado al momento, Mohab alargó las manos hacia ella lentamente, temiendo que cualquier movimiento brusco la ahuyentara. Cuando estaba a punto de tocarla, Jala hizo lo mismo que la primera vez que le había hecho el amor. Súbitamente, se dejó caer en la cama, con las manos levantadas sobre la cabeza, y se arqueó a modo de rendición a la vez que un sensual gemido escapaba de sus labios.

–Te deseo, Mohab.

Él se colocó sobre ella y tomó su rostro con manos temblorosas.

–*Aih,* yo te deseo a ti, *ya habibati, atawassal elaiki.* Soy tuyo.

–Bésame, Mohab –susurró ella. Y tomándole del cabello lo atrajo hacia ella.

Por eso Mohab se había dejado crecer el pelo, porque en una ocasión Jala le había dicho que lo quería más largo para poder tirar de él y obligarle a pegarse a ella en sus febriles galopadas.

Jala presionó sus labios contra los de él y le invadió la boca con la lengua. Mohab se entregó al ataque; dejó que le demostrara hasta qué punto lo deseaba. Entonces, tomó la iniciativa.

Le mordisqueó el labio inferior y lo succionó suavemente antes de volver a entrelazar su lengua con la de ella. Jala comenzó a gemir y le enredó los dedos en el cabello a la vez que le apretaba los senos contra el pecho y le enredaba una pierna alrededor de la cintura.

–Tócame, Mohab –susurró–. Hazme el amor… bruscamente, sin delicadeza. Te quiero sentir dentro, duro y poderoso. No puedo esperar, Mohab… No puedo.

Mohab se sintió eufórico. Jala nunca había sido tan clara, nunca había dicho lo que quería, ni cómo.

–*Aih, gulili aish betridi*, dime qué quieres, *ya galbi* –dijo con voz temblorosa a la vez que le quitaba la bata, el camisón y las bragas. Luego la miró a los ojos y añadió–: *Ma ajmalek, ya habibati, ajmal men zekrayati, men ahlami.*

–Tú sí que eres hermoso –contestó ella, besándolo en el cuello, en el pecho, en los brazos–. Más de lo que recordaba.

Con la sangre fluyéndole a la ingle, Mohab esculpió el cuerpo de Jala con una lluvia de besos, trazando sus curvas, saboreando su feminidad. La piel de Jala le palpitaba bajo los dedos, electrizada. Le mordisqueó la mano a Mohab y susurró:

–Tócame los senos…

Mohab rio, encantado con las exigencias de Jala.

–A tus órdenes, amada mía.

Le cubrió los senos y palpó su exquisita redondez, dibujando círculos alrededor de sus endurecidos pezones.

Jala le tiró de los pantalones del pijama y él le ayudó a retirárselos, gimiendo al liberar su sexo erecto, duro como un barra de hierro. Ella se elevó para besarle el torso y frotar sus senos contra él. Mohab la echó hacia atrás con su peso y Jala se enlazó a él susurrando:

–Entra en mí, Mohab... No me hagas esperar más. Por favor, por favor.

Mohab la besó con pasión antes de abandonar su boca y deslizarse hacia sus senos para mordisquearle y succionarle los pezones. Cuando oyó los gemidos de Jala bajó la mano a su íntimo centro. Separándole los muslos, sustituyó los dedos por los labios. Aunque el deseo de perderse en su interior estaba a punto de volverlo loco, quería llevarla al límite, porque sabía que no podría detenerse una vez la penetrara. Tal y como ella le había pedido, sería brusco, salvaje.

Le metió los dedos en su caliente canal y ella se contrajo en torno a ellos, retorciéndose en espasmos y gemidos entrecortados. Mohab gozó con la prontitud que llegaba al éxtasis. Entonces volvió a besarla, replicando con la lengua los movimientos que hacía con los dedos, absorbiendo sus jadeos, hasta que Jala colapsó en sus brazos, saciada, laxa.

O eso creyó Mohab, pues casi de inmediato, ella buscó con sus labios su pecho y volvió a rozarle el sexo con los muslos, atrapándolo entre ambos, a la vez que lo asía con la mano.

–Quiero tocarte, Mohab, quiero saborearte...

El recuerdo de la cabeza de Jala en su ingle, su cabello rozando su vientre, sus caderas meciéndose en felinos movimientos, gimiendo y jadeando mientras lo recorría con la boca, estuvo a punto de hacerle estallar.

–Luego, Jala. Antes déjame que…

–No. Entra en mí –Jala entrelazó las piernas alrededor de su cintura y se arqueó contra él.

Mohab abrió los pliegues de su cueva con el extremo de su sexo, y dibujó círculos con los que volvió a llevarla al límite de su resistencia. Entonces, se soltó de su abrazo y se deslizó de nuevo hacia abajo. Antes de que Jala pudiera impedirlo, volvió a tomarla en sus labios, lamiendo, besando, succionando. Los esfuerzos de Jala por detenerlo cesaron en el momento en que Mohab tomó su núcleo entre los labios y lo succionó. Cuando los gemidos de Jala le indicaron que estaba lista, la mordisqueó.

La violencia de su liberación reverberó en él y casi lo arrastró con su fuerza. Le metió de nuevo los dedos, elevándola a un éxtasis aún mayor, hasta que se le quebró la voz y cayó exhausta.

Con dedos temblorosos, Jala le tomó la cabeza y le hizo subir. Él obedeció y se besaron. Mordisqueándole el lóbulo de la oreja, Jala susurró:

–¿Ahora sí vas a entrar en mí?

–Solo hace falta que me lo ordenes.

–Te lo he ordenado ya, pero no me obedeces.

Mohab rio, amasando sus nalgas, dijo:

–¿Esto es desobedecerte?

–Todo lo que no sea entrar en mí es desobediencia.

–Llevo seis años fantaseando con todas las formas de placer que quería darte, *ya rohi.*

Jala miró a Mohab con ojos enfebrecidos y susurró:

–Solo quiero una forma de placer. Tenerte dentro. Ahora, Mohab.

El corazón se le aceleró al percibir la desesperación con la que Jala anhelaba la unión de sus cuerpos. Durante unos segundos la miró fijamente, absorbiéndola con la mirada.

–Tómame –dijo ella.

Obedeciendo su jadeante súplica, Mohab la penetró con un decidido empuje, adentrándose en su prieto y cálido interior, el único hogar que había conocido en toda su vida. El grito de Jala lo atravesó como una espada del más exquisito placer. Jala se arqueó contra él, reclamando su posesión, buscando su urgencia y su ferocidad; Mohab se la dio. Meciéndose con una creciente fuerza, cada vez más profundamente, hasta que los gemidos de ambos se acompasaron, acelerándose, sincronizándose con sus movimientos, y estallaron en un orgasmo simultáneo, frenético, más violento que ninguno de los que hubieran experimentado antes.

Cuando Mohab recuperó el control sobre su cuerpo, se incorporó para mirar a Jala y se estremeció al ver la diosa en la que se había convertido. Una diosa extenuada cuyos labios, hinchados por los besos, esbozaban una sonrisa relajada. Mohab entonces dio gracias al destino, pensando que si Jala no lo amaba, al menos podría usar el deseo que sentía por él para conseguir que lo hiciera. Alimentaría su anhelo hasta que se enamorara de él.

***

Jala salió de un delicioso estado de aturdimiento. El peso del cuerpo de Mohab sobre ella era el centro alrededor del que gravitaba su universo. Un universo que había temido perder cuando Mohab le había dicho que se marchaba.

Había creído protegerse al distanciarse de él, pero la idea de perderlo para siempre había acabado con cualquier rastro de racionalidad que le quedara. Por eso había decidido que tenía que volver a estar con él, aunque eso la condenara a la infidelidad eterna. Y se había entregado al cielo y al infierno que representaban sus brazos. Lo que acababa de suceder solo servía para recordarle que ni siquiera sus más nítidos recuerdos eran tan poderosos como la realidad de estar con él.

–*Jala, habibati*... –susurró Mohab–. ¿Estás bien?

«No. Y nunca lo estaré».

Obligándose a ocultar lo que realmente sentía, Jala se frotó la nariz contra el torso de Mohab y, sonriendo, dijo:

–¿De verdad necesitas que te responda?

Mohab le acarició la espalda.

–Parecías inquieta y he temido resultarte demasiado pesado.

Cuando Jala tardó en contestar, Mohab rodó con ella hasta colocarla sobre él. Luego, se incorporó hasta sentarse y se apoyó en el cabecero, a la vez que sujetaba a Jala por las caderas y la elevaba para hacerla descender sobre su sexo.

–Cabalga sobre mí, *ya rohi.*

Temblando por la intensidad de las sensaciones que la recorrían, Jala se asió al cabecero para elevarse sobre el sexo de Mohab. Cuando estaba a mitad de camino, él le atrapó un pezón con la boca a la vez que le pellizcaba el otro con la mano.

Jala descendió bruscamente, y sintió a Mohab chocar contra su cérvix.

–Mohab, por favor…

Él le tomó las manos y se las colocó en los hombros. Luego la sujetó por las caderas y la hizo subir y bajar a lo largo de su miembro pausadamente, al tiempo que le succionaba un pezón.

–Quiero pasar la vida dándote placer, *ya hayat galbi* –susurró.

«Amor de mi vida». Era uno de los apelativos que solía dedicarle en el pasado. Oírlo arrastró a Jala un poco más hacia el abismo y le hizo gemir:

–Mohab, no puedo, es demasiado…

Mohab cambió de postura, colocándola de nuevo debajo de él para relajar la presión en su pelvis. Con su pulsante sexo dentro de ella, con todas las terminaciones nerviosas a flor de piel, la miró con ojos ardientes.

–Eres todo para mí, Jala –susurró. Y retirándose unos centímetros, embistió de nuevo.

Jala gritó como si fuera la primera vez, le clavó las uñas en las nalgas a Mohab, ansiosa porque siguiera, porque acabara con ella de una vez.

Y Mohab lo hizo.

En una nebulosa del más exquisito placer, Jala sintió las contracciones de su pelvis irradiando desde el sexo de Mohab, que la invadía una y otra vez, elevándola un poco más con cada empuje.

Hasta que Mohab se dejó ir en una explosión final que lanzó su semilla hacia las profundidades del útero de Jala, arrastrándola con él en una deliciosa y extenuante desolación.

Desde el estado de inconsciencia, Jala abrió los pesados párpados y al encontrarse en los brazos de Mohab, el cuerpo le ardió de inmediato.

Así había sido siempre, durante los cinco meses que habían pasado juntos, y en sus sueños. Mohab, con las piernas entrelazadas con las de ella, acariciándola y mirándola, pura masculinidad satisfecha.

Jala alargó una mano y le acarició la barba.

–¿Cuánto tiempo he estado inconsciente?

–Una hora más o menos –bromeó Jala–. Verte perder el sentido después de hacer el amor es lo más excitante que he experimentado en mi vida –dijo él, abrazándola y frotando la barba contra su hombro–. Es maravilloso saber que todavía puedo darte ese nivel de placer.

–Solo lo hago para engordar tu ego –bromeó ella a su vez.

Mohab la estrechó con fuerza antes de separarse para mirarla a los ojos y decir en tono solemne:

–Lo único que mi ego quiere, Jala, es satisfacerte. Y ahora que sé que sigues deseándome, no voy a permitir que te resistas. Debemos permanecer juntos.

Jala cerró los ojos para protegerse de la intensidad que había en los de Mohab, pero no le ayudó a mitigar la fuerza de la tentación. No podía resistirse a Mohab ni al deseo que despertaba en ella. Pero debía marcar los límites o terminaría por destruirla.

Abrió los ojos y dijo:

–Como acabo de demostrar, te deseo más allá de mi capacidad de contención, así que me quedaré contigo.

Mohab se sentó y, mirándola fijamente, preguntó:

–¿Qué quieres decir?

–Que me casaré contigo y permaneceré junto a ti los seis meses que propusiste.

Capítulo Diez

Habían pasado tres semanas desde aquella noche y, gracias a la insistencia de Mohab para reducir la duración del compromiso, llegó noche de bodas.

Durante aquellas semanas, apenas habían podido estar solos. Jala sospechaba que Kamal había sido informado de su incursión nocturna al dormitorio de su prometido, y que temiendo que su honor se viera comprometido, se encargó de que estuvieran permanentemente separados.

Lo cierto era que, tal y como su hermano había dicho, la espera solo servía para aumentar el deseo, y Jala no podía estar más de acuerdo. Aunque, por otro lado, supiera que una vez se celebrara la boda, la cuenta atrás empezaría.

Sabiendo que no sería una unión permanente, había decidido aprovechar el tiempo, acumular tantos recuerdos como le fuera posible para poder vivir de ellos en un futuro que, en cualquier caso, estaría vacío.

Suspiró profundamente y se obligó a fijar la mirada en la vista que tenía ante sí. No podía permitir que sus ojos desvelaran la tortura que vivía. Interpretaría su papel, haría que Mohab se enorgulleciera de ella, ocuparía su posición de novia y reina con la dignidad que le correspondía.

Pero ni siquiera una tierra que parecía no haber sido tocada por el tiempo la ayudó a calmarse. Aunque la había afectado de una manera profunda nada más verla, igual que su hijo más influyente, Jala seguía arrepintiéndose de haber accedido a la petición de Mohab de celebrar la boda en su país. Jareer, su tierra ancestral, en cuyo rey se convertiría aquella misma noche. Con ella como reina. Temporalmente. El día que perdiera el derecho a permanecer allí, el recuerdo de aquella tierra se añadiría al dolor y a la herida que la acompañarían de por vida.

Ante la insistencia de Mohab, Kamal había renunciado al derecho de que la boda de su hermana se celebrara en Judar. Había estado de acuerdo con la propuesta de Mohab, que quiso convertirla en reina la misma noche de su *joloos*.

Ante la extrañeza de que Kamal cediera, Jala le había tomado el pelo, acusándole de estar dispuesto a cualquier cosa con tal de librarse de su solterona hermana. Kamal se había limitado a bromear y a darle la razón.

Así que Jala se encontraba en Zahara, la que pasaba por capital de Jareer.

Habían llegado hacía dos semanas para organizar la doble celebración. Ese «habían» incluía a toda su familia, que había dejado Judar para estar presente en la ceremonia.

Pero Mohab no había dejado a nadie hacer nada, excepto a Carmen, una excelente organizadora de eventos, y a Aliyah, que como a artista reconocida mundialmente, se le había asignado la responsabilidad de vestir a todo el mundo. Para el resto se habían organizado actividades recreativas y Mohab había dedicado cada minuto a ser el perfecto anfitrión.

En un recorrido guiado por el país, fue una fuente inagotable de información. Según contó, el primer asentamiento había tenido lugar en la prehistoria, y para probarlo, los llevó a ver las cuevas con pinturas de ese periodo. Luego les enseñó los monumentos de cada una de las culturas que habían marcado al país, siendo las más influyentes la otomana, la persa y la india.

Además de las visitas turísticas, a Jala le sorprendió el gran número de actividades que podían llevarse a cabo, desde excursiones por las dunas, patinaje, montar a caballo, nadar en pozas de aguas cristalinas, a banquetes nocturnos en torno a hogueras.

Ver a Mohab ser encantador con sus cuñadas y sobrinos, y estrechar lazos con sus hermanos, le había despertado un sentimiento agridulce a Jala. Todos, especialmente Kamal, lo apreciaban cada vez más, y ella sentía una mezcla de alegría y de tristeza, pues solo era un acuerdo temporal.

Pero se esforzaba en no pensar en el futuro, y las pocas ocasiones en las que conseguía olvidarse de las circunstancias, se permitía gozar de todas las formas en las que Mohab la mimaba, aunque nada le compensaba no poder estar íntimamente con él. Desde que habían llegado no habían podido ni besarse… aunque Mohab constantemente le besara las manos y las mejillas, y la devoraba con la mirada.

Suspirando, se concentró en la escena que veía en la distancia, las casas de Zahara agolpadas en una amalgama de adobe y piedra amarilla y ocre. Por la noche, solo había matices de gris, pero durante el día, parecían una explosión de flores sobre las colinas de arenisca.

Mohab había insistido en viajar por tierra, aduciendo que el paisaje merecía las seis horas de viaje desde Durgham. Y tenía razón. Jala nunca había visto tanta variedad en el desierto, que pasaba de extensiones ondulantes de las dunas a los pastos de las montañas.

Al ver el castillo que se materializó en el horizonte, y que se erigía en lo alto de Zahara, se quedó sin aliento. Era una fortaleza de altas murallas bajo el manto de la noche más estrellada que pudiera imaginarse, irradiando luz desde las antorchas que la iluminaban desde el interior.

Tras largos años de abandono, Mohab lo había restaurado para promover el turismo, y la ciudadela se había convertido en uno de los monumentos más visitados de la región. Como Jala, los turistas se sentían trasportados al pasado cuando recorrían sus laberintos de pasajes, los amplios jardines y las estructuras interconectadas. Aquella noche, el edificio refulgía bajo la luna llena y estaría bañado por las luces de las numerosas tiendas que se habían instalado en el exterior de las murallas para la celebración de la boda.

Aunque Jala había asumido que acudirían prósperos empresarios, saber que también asistirían dos presidentes y un rey de Occidente le había recordado la solemnidad del momento. No se trataba solo de una boda real, sino de un acontecimiento político de primer grado. Mohab, además de casarse, ocuparía el trono de una tierra que desde entonces jugaría un papel esencial en los equilibrios del poder global.

Irguiéndose, Jala deslizó la mirada por la habitación que Mohab le había asignado hasta la boda. La restauración se había concentrado en recuperar las características arquitectónicas originales, al tiempo que había incorporado todos los lujos modernos. A Jala no le costaba imaginarse viviendo allí el resto de su vida; yendo a trabajar y volviendo a su hogar.

Hogar. Una palabra que no había conocido hasta que había llegado a aquel lugar contagiado por la excepcional e indómita naturaleza de Mohab.

Pero lo que ella sintiera no tenía importancia. Su estancia allí era transitoria. Incluso la hora de soledad que había conseguido negociar antes de la ceremonia estaba a punto de terminar.

–Es casi la hora, cariño.

Jala se volvió hacia sus cuñadas, que en ese momento entraban por la puerta junto con las doncellas que llevaban el vestido de novia. Jala solo había intervenido para elegir el color de la tela; el resto se lo había dejado a Aliyah.

Carmen dio unas palmaditas de impaciencia.

–¡Vamos! No tienes más que media hora para prepararte.

–Sí, gran dama de las celebraciones –bromeó Jala, con una inclinación de cabeza.

Farah sacudió las manos entusiasmada.

–¡Espera y verás! Nada de lo que hayas podido imaginarte está a la altura de la realidad. Y eso que cuando Carmen organizó mi boda, pensé que se había basado en *Las mil y una noches*.

Carmen rio a su vez.

–En esta ocasión, apenas he hecho nada. Tu Mohab es ultraeficiente, por no mencionar que está loco por ti. Es él quien se ha ocupado de que tengas una boda espectacular.

Jala tenía ya mucha práctica en mantener la sonrisa cuando alguien mencionaba lo enamorado que Mohab estaba de ella. ¿Cómo iban a imaginar que su interés por ella no era más que una mezcla de pasión y conveniencia y que la relación tenía fecha de caducidad?

Carmen dejó sobre una mesa la caja con las joyas que el rey Hassan había enviado a Jala como regalo de boda, y dijo:

–El palacio es tan precioso, que apenas he tenido que trabajar en la decoración.

Farah asintió:

–Y el pueblo de Jareer está entusiasmado con la celebración. Nuestra vuelta a casa nos va a resultar de lo más aburrida, después de las atenciones que hemos recibido aquí –guiñó un ojo y añadió–: Menos mal que nuestros hombres nos mantienen intensamente entretenidas.

Riendo a modo de confirmación, Aliyah apareció desde detrás del biombo que servía de probador y dijo:

–Estamos listas, Jala.

Jala no se hizo esperar. En menos de diez minutos se miraba atónita en el espejo. Aliyha había conseguido convertirla en una princesa y futura reina.

Deslizó las manos por el increíble vestido dorado de aire persa indio que le acentuaba las curvas y le hacía destacar el color de la piel. Tenía un escote barco que dejaba parte de los hombros al descubierto, talle alto y una cola discreta. Estaba profusamente decorado con diseños florales en plata y bronce, así como pedrería, perlas y cristales en todas las gamas de naranjas, granates y rojos. En la cabeza, sobre el cabello recogido, llevaba un velo de encaje en dorados y granates con el borde ondulado.

Permaneció de pie, observándose, mientras sus cuñadas le ponían las joyas. La pieza central consistía en un collar de oro que se prolongaba hasta las clavículas en un diseño de filigrana con diamantes y un rubí gigante en el centro.

El resto de piezas lo igualaban en delicadeza e intrincado diseño; desde los pendientes que le colgaban casi hasta los hombros, el brazalete, la sortija y la pulsera de tobillo. Para cuando se puso el conjunto, parecía un muestrario de joyería, pero la propia Jala tuvo que admitir que estaba fantástica.

Tras el maquillaje que le hizo Aliyah, ni siquiera se reconoció.

–¡Mohab va a preguntarse qué ha sido de su novia! –bromeó Jala.

Sus cuñadas rieron.

–Lo que pasa es que no estás acostumbrada a ponerte maquillaje. Solo eres tú, con los rasgos más pronunciados.

–¡Pero si parezco un anuncio andante!

–Las mujeres necesitamos arreglarnos para las cámaras. En tu caso, al ser la mujer más hermosa del mundo, basta con una raya de *kohl*, un poco de rímel y un toque de pintalabios para que estés espectacular.

–¡Sí, guapísima! –resopló Jala con sorna.

Aliyah rio.

–No puedo evitarlo: después de todo eres la versión femenina de Kamal. Aunque no creo que sea eso lo que a Mohab le guste de ti.

–¿Habéis acabado o queréis matarnos a Mohab y a mí?

Era Kamal, que estaba allí para conducir a Jala junto al novio.

Se acercó a Jala con una expresión tan dulce y tan orgullosa, que Jala se abrazó a él.

Kamal le devolvió el abrazo y le besó la frente.

–Mi pequeña y adorada hermana. ¡Estoy tan contento de que hayas encontrado a alguien que te ame como te mereces!

Jala habría querido refugiarse en los brazos de su hermano y llorar, pero Aliyah los separó.

–No estoy dispuesta a que estropeéis mi trabajo, así que dejad las declaraciones sentimentales para más tarde.

Jala dio un paso atrás y, sonriendo, dijo a su hermano:

–Espero que no se te ocurra venir a saludarnos mañana a Mohab y a mí con la excusa de asegurarte de que hemos consumado.

–Me da lo mismo la edad que tengas o que vayas a casarte –dijo Kamal con gesto contrariado–, eres mi hermana pequeña y preferiría no oír tu nombre y «consumar» en la misma frase.

Jala le dio con el dedo en el pecho y siguió provocándolo.

–Así que te da lo mismo que pase, pero no quieres saberlo.

Kamal fingió un escalofrío.

–Una palabra más y te devuelvo a Judar para que ningún hombre pueda tocarte.

Aliyah chasqueó la lengua.

–Así es mi marido, un incorregible hermano sobreprotector.

Jala hizo una mueca.

–Espero que como amante no sea tan anticuado.

Kamal gruñó y fingió abalanzarse sobre ella.

Entre carcajadas, salieron del dormitorio y se dirigieron al salón en el que se celebraría la boda y el ritual *joloos.*

Jala se alegraba de que su inquietud hubiera pasado por el nerviosismo propio de una novia cuya vida estaba a punto de cambiar para siempre. Y así era, aunque el cambio no fuera a ser el que todos creían.

Pero todo pensamiento se nubló de su mente

en cuanto entró en el gran salón central de la ciudadela. Farah tenía razón. Aunque Jala había visto los preparativos, no había llegado a imaginarse cómo quedaría el conjunto.

Impregnado del perfume del incienso, bajo la luz de miles de antorchas sujetas a la pared por soportes de brillante bronce, la escena parecía propia de otros tiempos, o de un cuento de hadas.

Había tantos detalles a asimilar que apenas podía percibirlos con la vista. Estandartes de satén con la insignia tribal de Jareer; cientos de metros de tul y gasa envolvían las columnas y colgaban desde el alto techo con decorados arabescos. Los arreglos florales brotaban en cada rincón y los cientos de invitados parecían gemas coloridas en todo tipo de lujoso atavío, desde vestidos de noche modernos y esmóquines, hasta conjuntos que parecían propios de tiempos remotos.

De pronto, todo desapareció de la vista de Jala. En el extremo más alejado de ella, sobre una plataforma forrada de satén marrón con dos sillas ceremoniales profusamente decoradas estaba él, Mohab.

«Lleva el pelo suelto», fue lo primero que le pasó por la mente. Era la primera vez que lo llevaba así en público. Casi le tocaba los anchos hombros, y bajo la luz de las velas brillaba como si fuera de seda.

Lo siguiente que le pasó por el aturdido cerebro fue que iba vestido como un príncipe del desierto. Una abaya de color granate oscuro le caía hasta los pies por encima de un blusón con bordados de oro. Unos pantalones marrón oscuro abrazaban sus musculosos muslos y se perdían en unas botas altas de cuero.

Parecía irradiar luz, o eso pensó Jala, que lo amó con todo su corazón, a pesar de las dolorosas lecciones que había aprendido en el pasado y del dolor permanente que la esperaba en el futuro.

El sonido de unos tambores la sobresaltó a pesar de que los esperaba. Las ancianas de la tribu comenzaron su procesión a la vez que tocaban la *zaffah*, una variación de la que usaban en Judar. Jala miró hacia atrás y vio a las mujeres, con el mentón y las sienes tatuadas. Una de ellas tocaba con entusiasmo un *mihbaj* de madera a apenas unos centímetros de ella.

Poco a poco fueron uniéndose otros instrumentos de percusión y, tras aquella primera explosión, se fue añadiendo una melodía evocativa que emanaba de las cuerdas del *rababah* y del sonido agudo del *mizmar*. Finalmente fueron surgiendo voces, que daban la enhorabuena al novio por la incomparable belleza de la novia.

Jala se descubrió avanzando precipitadamente junto a Kamal hacia Mohab, que parecía atraerlos con la fuerza de su mirada. Una vez en la plataforma, Jala vio a las dos personas que más amaba en el mundo, Kamal y Mohab, fundirse en un estrecho abrazo en el que intercambiaron afecto y confianza mutua. Luego se encontró pegada a Mohab, que la estrechaba contra su costado.

Acercando los labios a su oído, él le susurró en medio de la música:

–¿Sabes que sé tocar el *darabukkah*?

El inesperado comentario la desconcertó.

–¿Me harás una demostración más tarde?

–Solo si prometes bailar para mí.

Jala se echó hacia atrás como si la hubiera quemado. Y en cierta forma lo había echo. El comentario de Mohab invocó una escena de exquisitas sensualidad. De ella misma con un pañuelo de la danza del vientre, ondulando las caderas provocativamente antes de sentarse sobre Mohab y…

La música cesó, devolviendo a Jala súbitamente al presente. A continuación, el *ma'zoon* se adelantó para comenzar con la ceremonia.

Mohab le tomó la mano a Jala y el clérigo se las cubrió con una tela blanca, luego posó su mano sobre esta y comenzó las declaraciones matrimoniales. Mohab y Jala repitieron el final de cada frase, aceptándose mutuamente. Cuando el clérigo se separó de ellos, Jala creyó que habían terminado, pero Mohab le tomó la otra mano y, mirándola fijamente, su voz resonó en toda la sala cuando, en tono solemne, dijo:

–Ese es el juramente que hace todo hombre al casarse. Pero el mío para ti es que soy todo tuyo, que siempre lo he sido y que siempre lo seré. Todo lo que tengo, todo lo que hago y todo lo que soy te pertenece.

Jala lo miró en silencio, incapaz de articular palabra. Apenas sí podía tenerse en pie cuando los invitados estallaron en un aplauso. Sumida en un torbellino, preguntándose si Mohab interpretaba un papel o era sincero, vio subir a la plataforma a

Aal Kussaimi, el miembro más anciano de la tribu. Él anunció que la tribu Jareer había votado unánimemente nombrar a Mohab rey y que sus descendientes heredarían el título.

A partir de ese momento, Jala apenas pudo registrar lo que pasaba, porque se produjo una ensordecedora cacofonía de gritos y murmullos, a la vez que los más ancianos de cada tribu acudía a besar el hombro a Mohab y a entregarle los símbolos de su tribu como muestra de obediencia y sometimiento.

Finalmente, solo quedaron ellos dos, y Mohab dijo:

–Por la responsabilidad que me habéis otorgado y el privilegio que me habéis concedido, juro que reinaré con justicia y compasión, y que haré todo lo que esté en mi mano para satisfacer vuestras aspiraciones y conseguir vuestra prosperidad –llevó a Jala al borde de la plataforma y continuó–: Como rey de Jareer, mi primer acto es presentaros a mi mayor tesoro, que reinará a mi lado, con sabiduría y compasión; vuestra reina Jala Aal Masood.

Los vítores hicieron temblar la sala cuando Mohab, infringiendo la ley de no hacer demostraciones de afecto en público, la devoró en un apasionado beso que duró hasta que, ante los gritos de la familia de Jala, Mohab lo rompió y dijo:

–¿Quieres que les demos el *joloos* que piden?

Asintiendo, contagiada del entusiasmo de Mohab, Jala lo siguió hacia el trono. Mohab la ayudó a ocupar el suyo, se puso de rodillas ante ella y le besó la mano a la vez que le susurraba: *maleekati*. Mi reina.

Jala no supo cómo fue capaz de contener el llanto, pero tuvo la certeza de que aquel instante no se le borraría jamás de la cabeza.

Después de darle otro beso en la mano, Mohab se incorporó y en medio de un silencio sepulcral y ocupó su trono con solemne lentitud. Allí, con una mano apoyada sobre una rodilla, dejó que se sacaran fotografías y vídeos hasta que, volviéndose a Jala, dijo:

–¿Te parece bien que demos de comer a nuestros invitados? ¿No crees que ya han esperado suficiente?

De pronto Jala se encontró en brazos de Mohab, que, estrechándola contra su pecho, bajó de la plataforma y, tras cruzar la sala, salió de la ciudadela y fue hacia la gigantesca tienda nupcial que se había instalado en un claro desde el que se veía Zahara y las celebraciones que se estaban desarrollando con motivo de la boda.

Bajo una espectacular luna llena, las casas tenían todas las ventanas abiertas, y en cada habitación brillaba un color de luz diferente, lo que daba a la ciudad el aspecto de un collar de gemas de colores.

La tienda nupcial era igualmente maravillosa, y lo bastante grande como para acoger a los tres mil invitados que habían acudido desde los tres reinos y el resto del mundo. El perímetro, a una distancia prudencial, estaba marcado por cientos de antorchas, y en el interior, la decoración replicaba los tonos del vestido de Jala

Mohab pasó con Jala entre cientos de mesas

con manteles de satén, velas, flores, la más exquisita porcelana y cristal en vivos colores. A continuación, depositó a Jala en la *kousha*, una especie de palanquín de oro, abierto por un lado, desde el que presidirían la celebración.

Ante ellos había una enorme pista de baile, cubierta por cientos de *keleems* tejidos a mano.

En cuanto los invitados ocuparon su lugar en las mesas semicirculares, Mohab hizo un gesto para que se sirviera la cena y cientos de camareros entraron con gigantescas bandejas bajo cubreplatos dorados. Las familias de Mohab y de Jala se sentaron en las mesas en primera línea de pista. Ver a la suya tan feliz como estaba hizo que Jala sintiera una opresión en el pecho. Para no dejarse llevar por la emoción, miró hacia la de Mohab, en la que parecían todos contentos, excepto Najeeb.

No habían vuelto a hablar desde el día de la celebración del compromiso, pero su desaprobación la irritaba. Najeeb había conseguido perdonar a su padre por lo que había hecho; pero no así a Mohab. Por eso mismo no comprendía que ella le hubiera dado una segunda oportunidad.

Mohab tiró de su mano e impidió que Jala se perdiera en la rememoración del pasado. A la vez que comenzaba a sonar una música energética, varias docenas de hombres con trajes beis y turbantes rojos formaron una fila. Les siguieron igual número de mujeres, que se colocaron frente a ellos, vestidas en los mismos tonos. Juntos, dieron comienzo a una de las danzas tradicionales más espectaculares que Jala había visto en su vida.

Como si le leyera el pensamiento, Mohab dijo por encima de la música:

–Es una danza reservada a las bodas.

Y comenzó a dar palmas al ritmo de la música a la vez que animaba a Jala a imitarlo. Esta lo hizo y pronto sus familias, excepto Najeeb, saltaron a la pista, imitando los pasos y uniéndose a la coreografía.

De pronto, los bailarines se dirigieron a ellos, las mujeres hacia Mohab y los hombres hacia Jala, para llevarlos a la pista.

–¡Lo has planeado tú! –dijo Jala, riendo a la vez que la alejaban de él.

Mohab hizo un gesto de inocencia. Entonces los dos grupos de bailarines se aproximaron, con ellos dos en el medio, y volvieron retroceder, dejándolos en el centro con sus familias formando un círculo a su alrededor. Riendo, Mohab levantó a Jala en el aire y giró varias veces sobre sí mismo. Jala pronto se movió con él al ritmo primario y estimulante de la música, sintiéndose transportada a un espacio en el que solo existían Mohab y ella.

Las danzas se sucedieron. En cierto momento, la música cesó y Jala no supo si habían pasado horas o minutos. Tenía la sensación de estar en un sueño. Los invitados le estrechaban la mano o la besaban, insistiendo en que nunca lo habían pasado tan bien. Incluso su familia dijo que aquella había sido la mejor boda posible, superando las suyas.

Entonces, Mohab desapareció de su lado.

Capítulo Once

Antes de que Jala se alarmara, sus hermanos la llevaron en volandas hasta un cuatro por cuatro y la condujeron al desierto. Farooq y Shebab ocuparon los asientos delanteros mientras que Kamal se sentó a su lado. Jala se cobijó en él, todavía aturdida por todo lo que había pasado. Ni siquiera preguntó adónde la llevaban porque asumió que iban al encuentro de Mohab.

Cuando el coche se detuvo, la ayudaron a bajar y se encontró ante él, que esperaba en lo alto de una escalinata que accedía a un recinto que se veía iluminado tras las ventanas cerradas.

La brisa le sacudía el cabello y la abaya flotaba en torno a su cuerpo, dándole el aspecto de un pájaro a punto de emprender el vuelo.

Entonces Mohab habló:

–*Skokrunn ya asdeka'ee* por dejar bajo mi cuidado a mi más valioso tesoro. A cambio de este privilegio y de esta prueba de confianza, quedo en deuda con vosotros.

–No lo dudes –bromeó Farooq.

Shebab asintió:

–Tenemos toda una vida para cobrárnosla.

–Y no dudes que lo haremos –añadió Kamal.

Mohab se llevó la mano al pecho e inclinó la cabeza.

–Será un honor.

Jala estaba tan concentrada en Mohab que apenas se dio cuenta de que sus hermanos la besaban y se marchaban.

Cundo el vehículo se alejó, Jala se obligó a caminar hacia Mohab, que la esperó inmóvil, observándola con mirada ardiente.

–¿Es tradición de Jareer que la novia sea secuestrada y entregada al novio por su propia familia? –susurró Jala.

Mohab bajó lentamente la escalinata con una dulce sonrisa y le tomó la mano.

–Bienvenida a mi santuario, *ya ajaml aroos fel kone.*

La forma en que dijo «la novia más hermosa del universo» hizo que Jala se refugiara en sus brazos.

–Me siento como si entrara en la cueva de un lobo hambriento –confesó ella.

–Y tienes razón, porque estoy deseando devorarte.

–Y yo que lo hagas.

Mohab rio.

–Siempre sabes desconcertarme –luego adoptó una actitud solemne y añadió–: Después de tantos años creyendo que jamás te tendría, estás aquí, en el lugar donde nunca he dejado entrar a nadie.

Jala alzó el rostro hacia el de Mohab que, bañado por la luz de la luna, formaba un todo con el desierto, tan inalcanzable como las estrellas. Y sin embargo, el universo se lo ofrecía temporalmente.

Un préstamo temporal con el que disfrutaría de cada minuto de placer e intimidad.

Apretándose contra él, le besó el pecho y dijo:

–Aquí me tienes.

–¡No sabes el poder que tienes sobre mí! –dijo él. Y con un gemido la tomó en brazos.

Jala se aferró a él.

–Demuéstramelo, Mohab. Demuéstrame qué quieres de mí. Enséñamelo todo. Házmelo todo.

Mohab emitió un gruñido primario y la besó febrilmente. Con ella en brazos, cerró la puerta con el pie y atravesó un corredor iluminado débilmente y que hizo sentir a Jala como si entrara en las profundidades de la cueva de un mago. Porque solo se podía explicar como magia lo que Mohab le hacía. Y durante los seis meses siguientes estaba dispuesta a dejarse hechizar por él… hasta que el tiempo expirara.

El santuario de Mohab estaba lejos de la opulencia del palacio de Judar o de Jareer. Contenía elementos del desierto, sencillos, austeros; y por eso mismo resultaba espectacular.

Mohab la llevó hasta una sala de paredes de piedra y suelos de adobe cubiertos por *keleems.* En un lado había un sofá con una mesa delante en la que había comida. Una chimenea presidía esa zona; y las llamas del fuego proyectaban hipnóticas sombras, uniéndose a las velas que ocupaban todas las superficies. Un quemador de incienso de cerámica colgaba del techo, perfumando el aire con una mezcla de almizcle y sándalo.

Al otro lado quedaba la cama, una enorme plataforma sobre la que descansaba un grueso colchón con sábanas y almohadones de satén dorado.

Mohab la depositó sobre la cama y, arrodillándose a su lado, se quitó la abaya y la casaca, dejando su musculoso pecho al descubierto. Todo él, pensó Jala, era hermosura y masculinidad. Y para ella. Por el momento.

Jala se incorporó hasta arrodillarse. Hizo ademán de quitarse el velo, pero Mohab la detuvo.

–Déjame a mí –susurró.

Y la desnudó con destreza, acompañando cada movimiento con una mirada de arrobamiento que hizo sentir a Jala femenina y deseable. Entonces Mohab cambió de posición hasta colocarse a su espalda y abrazarla, pegándose a ella, haciéndole sentir su sexo en erección entre las nalgas a la vez que le susurraba al oído:

–¿Quieres que te enseñe lo que he querido hacerte estas tres semanas de tortura?

–Sí, sí –dijo ella jadeante.

–Ansiaba hacer esto –Mohab le cubrió un seno, apretándolo hasta que ella se arqueó contra él y se meció contra su sexo–. Y esto... –Mohab llevó su otra mano al pubis y buscó con los dedos sus húmedos pliegues, adentrándose en ella en cuanto encontró su cálida entrada.

El grito de placer de Jala reverberó contra las paredes. Riendo quedamente, Mohab movió los dedos. Jala se retorció y gimió.

–Quiero que entres en mí y que me cabalgues hasta hacerme estallar, hasta que extraiga de ti toda tu esencia.

Mohab retiró los dedos y el sonido de la cremallera de su pantalón le resonó en cada célula a Jala. Los ojos y el sexo se le humedecieron al sentir el firme miembro de Mohab, caliente y pesado, chocar contra su trasero. Mohab. Su marido. Por el momento.

Mohab se frotó contra ella con movimientos ascendentes y descendentes, susurrando:

–Aquí me tienes. Tómame en tu interior, profundamente. Igual que yo te tomo a ti.

Con el corazón a punto de parársele, Jala se volvió, elevándose, y descendió sobre él. La invasión le arrancó un gemido que le brotó del pecho. El sexo de Mohab le resultó tan grande como la primera vez que se había abierto camino en su interior. Sintiéndose al límite de su capacidad, Jala se retorció contra Mohab y el dolor y el placer se amalgamaron en una combinación indistinguible. Jamás se acostumbraría a las sensaciones que le provocaba tenerlo dentro, a la forma en que activaba cada una de sus terminaciones nerviosas.

En un estado de delirio, le susurró todo lo que sentía a Mohab. Lo que le hacía sentir, cómo la inundaba de un exquisito placer, cómo su interior gozaba con su invasión. Y Mohab le dio más, meciéndose más deprisa y más profundamente, jadeando a la vez que hacía sus propias confesiones.

La presión que se fue acumulando en las entrañas de Jala con cada palabra, con cada abrasador empuje se expandía desde aquel indefinido punto que Mohab golpeaba una y otra vez. Jala iba entrando en un estado de incoherencia, de ansiedad, buscando la liberación de la energía que se acumulaba en una continua espiral.

Y entonces empezó una detonación lejana de la que solo se notaran las primeras ondas expansivas. Poco a poco estas fueron aproximándose, compactándose en el centro de Jala con la fuerza de una fusión nuclear que finalmente estalló en una sucesión de violentas oleadas de delirante satisfacción.

Mohab le colocó una almohada bajo las caderas y continuó su embate para prolongar su liberación y unirse a ella con un gemido final.

El resto de la noche se sucedió en una réplica de aquella primera colisión, concluyendo en cada ocasión con sus dos cuerpos disolviéndose en uno.

Cuando Jala despertó ya era de día. Y Mohab estaba a su lado, incorporado sobre un codo y mirándola. Jala se desperezó y, al notar que estaba excitado, sonrió con picardía.

–Siento haberme quedado dormida.

–Ha sido la mejor noche de bodas de la historia. Yo también me he quedado dormido.

–¿Quieres decir que te he agotado? –preguntó ella con sorna.

–Exactamente. Yo también acabo de despertarme.

Jala le acarició el rostro, la cabeza, los hombros, y susurró:

–Cuando quieras repetimos.

–*Habibati* –susurró Mohab. Y besándola, se colocó sobre ella y aceptó su oferta, poseyéndola sin preliminares.

Jala adoró su urgencia y su ferocidad, y bastaron unos segundos para que llegara de nuevo al éxtasis, seguida de Mohab, cuya semilla, una vez más, se disparó hasta lo más profundo de su interior.

–Llevo todos estos años esperando esto, pero ya no es igual –susurró él cuando Jala volvió de su desmayo. Ella lo miró con inquietud, pero él se apresuró a añadir–: Es mucho mejor.

Jala le acarició el cabello, preguntándose si todo lo que le decía sería verdad, si podía ser cierto que sintiera lo mismo que ella.

Y pensó que no. Seis meses que iban a pasar demasiado deprisa.

Capítulo Doce

–¿No te parece increíble que hayan pasado ya seis meses?

Jala disimuló el malestar que la exclamación de Aliyah le produjo.

¿Qué podía decir? ¿Que no pasaba un segundo sin que lo recordara? ¿Que los días pasaban espantosamente deprisa? ¿Que con el cumplimiento de los seis meses sentía que su vida se acababa?

Aliyah se sentó a su lado en el sofá, sonriendo a su hijo, que corría junto a su hermana seguido de los gatos.

–Pensaba que al comprarle cuatro gatos dejaría de darle la lata a los vuestros, pero se ve que no siente el mismo amor por ellos.

–Me alegro, así nos vemos más.

Aliyah rio.

–La última vez que vi a Mohab me dijo que en cuanto organicéis vuestros calendarios y os establezcáis en la ciudadela, vais a adoptar unos cuantos más.

Cada palabra fue como una bofetada para Jala, que se vio aliviada cuando una llamada al teléfono de Aliyah las interrumpió.

Jala observó a su cuñada, que era la antítesis de

ella. Pletórica de salud y felicidad, su mundo se cimentaba en el amor de Kamal y en la seguridad de un futuro con él. Mientras que ella... Ella contaba los días que le quedaban con Mohab y se marchitaba por dentro.

Viendo a Aliyah derretirse al hablar con Kamal, sintió una enorme alegría por ellos, pero al mismo tiempo la angustia que sentía por su propia situación aumentó hasta casi ahogarla.

–Kamal te manda besos, pero insiste en que te diga que tu marido le ha engañado –dijo Aliyah al colgar.

Jala la miró alarmada y Aliyah continuó:

–Mohab le dijo que no sabía nada de cómo gobernar un reino y menos uno como Jareer, en pleno proceso de cambio. Pero Kamal dice que no era más que una excusa para implicarlo a él y para conseguirte a ti. Y que ahora sigue contando con él en tu beneficio.

–No creo que...

Aliyah calló a Jala con un ademán de la mano.

–Kamal sabía que dirías eso, pero insiste en que él identifica mejor que nadie a un hombre capaz de hacer cualquier cosa por la mujer que ama. Y te aseguro que tu hermano sabe de lo que habla.

Cualquier mujer se habría considerado dichosa al oír que el hombre al que amaba sentía lo mismo por ella. Pero que le corroboraran que Mohab sentía la misma implicación que ella, algo que llevaba intuyendo con cada día que pasaba, solo hundió a Jala un poco más en la desesperación.

–Mohab se ha ganado el respeto de Kamal por

la velocidad con la que ha conseguido avances en las negociaciones; pero que además te tenga a ti como su prioridad hace que se sienta satisfecho de sí mismo por haber confiado en él cuando vino a ofrecerle la paz…, como tu *mahr*.

El tiempo estaba confirmando que Kamal y Jala se parecían. Y el tiempo solo había corroborado que Mohab era todo lo que podía desear en un hombre, todo lo que amaba, respetaba y admiraba. Y que todo lo que le había hecho creer lo contrario había sido una combinación de trágicos errores y malentendidos.

En contra de lo que había querido creer durante los años de separación, que Mohab no tenía sentimientos, había descubierto que solo los bloqueaba por su trabajo. En su vida personal, con ella, era un hombre generoso que no cesaba de dar muestras de amor. Y saber que lo había juzgado erróneamente, que le había hecho daño y que todavía le haría más, la estaba matando.

El tiempo había demostrado también que era una consumada actriz. Ni Mohab, ni Kamal o Aliyah, las tres personas a las que más amaba, tenían ni idea de lo angustiada que estaba.

Por eso no le extrañó que Aliyah continuara:

–Estás actuando como la reina perfecta. Da la sensación de que estuvieras programada para ocupar tu lugar al lado de tu hombre; todas tus cualidades y habilidades son imprescindibles. Estoy impresionada con la originalidad de tus proyectos sociales y educativos, y con los efectos que empiezan a tener. Tienes que ayudarme a adaptarlos a Judar.

Jala no pudo aguantar la emoción por más tiempo.

–Por favor, Aliyah, para.

Su tono angustiado alarmó a su cuñada.

–¿Qué sucede, Jala?

Las palabras de Aliyah le habían hecho sentir que su mundo colapsaba. Tragó saliva para aliviar el fuego que le quemaba la garganta.

–Tengo que decirte algo, Aliyah, y tienes que conseguir que Kamal comprenda que Mohab no tiene ninguna culpa de…

–¿Cómo están mis amores?

Preguntó Mohab, entrando en el dormitorio con una sonrisa que iluminó la habitación.

Para cuando alcanzó la cama, en la que Jala estaba rodeada de los gatos, se había quitado la camisa. En cuanto se echó junto a Jala, los gatos treparon sobre él, los acarició y besó. En medio de una orquesta de ronroneos, Mohab se volvió hacia Jala.

En cuanto la besó, los gatos bajaron de la cama y fueron al salón.

–*Habibati, wahashteeni…* –susurró Mohab, rodando sobre ella.

«Yo también te he echado de menos, mi amor» pensó Jala, pero, como que llevaba haciendo meses, impidió que las palabras salieran de su boca.

Mohab se desnudó y la desnudó en segundos y, tomándola por las nalgas, la penetró. Era la continuación de la noche anterior, ninguno de los dos necesitaba preámbulos porque vivían en un continuo delirio de pasión. Pronto Mohab la embestía, entre gemidos de Jala, hasta que estallaron con la intensidad de una bola de fuego. Jala se mantuvo consciente, mientras Mohab colapsaba, exangüe, sobre ella.

Jala se permitió gozar unos segundos de una sensación que no volvería a repetirse. Serpenteando debajo de él, se incorporó y dijo:

–Mañana se cumplen los seis meses.

Mohab esbozó una sensual sonrisa.

–¿Y si los prorrogamos otros seis? –dijo. Y la besó–. Y otros seis –le dio otro beso–. Y otros seis. Así cada seis meses empezaremos de nuevo y no nos cansaremos nunca –concluyó, con otro beso y una amplia sonrisa.

–No creo que haga falta.

–Si prefieres pasar directamente a un acuerdo permanente, no tengo anda que objetar.

–Lo que pretendo es cumplir los términos de nuestro acuerdo. Han pasado seis meses y se acabó.

Mohab se quedó inmóvil y su rostro se ensombreció.

–¿Qué quieres decir?

Jala hizo añicos su propio corazón.

–Que quiero el divorcio.

Mohab sintió que se asfixiaba. No podía creerlo. No podía ser verdad. Había estado tan seguro de que Jala correspondía sus sentimientos…

–Puedes bromear con todo menos con esto, Jala –dijo, incorporándose. Al no obtener respuesta, escrutó el rostro de Jala buscando una chispa de humor, pero no la encontró–. ¡No puedes hablar en serio!

–Completamente. *Ermi alai yameen al talaag.*

¡Jala le pedía que pusiera en marcha el proceso de divorcio y terminara su matrimonio! ¡Y no bromeaba!

Mohab emitió un gemido desesperado.

–¿Pero por qué? ¿Por qué me haces esto?

–Solo pretendo cumplir lo que acordamos.

–¡Pero tienes que haber cambiado de idea en estos meses! ¡Anoche mismo, ahora mismo... nunca habías sido más ardiente!

–Sabes que nunca he podido resistirme a ti. Pero tengo que hacerlo.

–No se trata solo de deseo. Tú me amas.

–Yo nunca he dicho eso.

Mohb fue a protestar pero las palabras se congelaron en su boca. Era verdad. Él lo había asumido por sus actos, pero Jala jamás lo había expresado. Aun así, no estaba dispuesto a conformarse.

–Aunque no sientas lo mismo que yo por ti, ¿por qué dejarme si me deseas tanto? –Jala desvió la mirada y Mohab continuó–: Si habías decidido dejarme, ¿qué sentido tiene lo de anoche, qué sentido tiene lo que acaba de pasar?

Jala se levantó de la cama lentamente, como si temiera desintegrarse si se movía deprisa.

–No hagamos las cosas más difíciles de lo que ya son, Mohab.

Paralizado, Mohab la vio ponerse la ropa e ir hacia la puerta. Al llegar, Jala se volvió y dijo:

–Iré a Judar hasta que prepares los documentos. Por favor, no te pongas en contacto contigo. Adiós, Mohab.

–¡Tú la has puesto en mi contra!

Najeeb se puso en pie al ver irrumpir a Mohab en su despacho. Apoyó las manos en el escritorio en actitud retadora y dijo:

–Asumo que te refieres a Jala.

–Najeeb, te aseguro que estoy a punto de no ser responsable de mis actos.

–Por muy rey de Jareer que seas, no puedes venir, amenazarme y creer que vas a salir de aquí indemne.

–No es una amenaza sino una promesa. Si tú eres la razón por la que Jala me ha dejado…

Najeeb se irguió con una sonrisa de satisfacción.

–Así que por fin lo ha hecho. Me alegro. Nunca debió estar contigo.

–Najeeb, te juro… –Mohab perdió parte de su furia–. ¿No sabías que se había ido?

–¿Tan baja opinión tienes de la mujer con la que te has casado como para creer que alguien podría obligarla a hacer algo así?

–No, pero… –Mohab se sentó en una butaca, exhausto, y ocultó la cabeza entre las manos–. No lo sé, no puedo pensar. No puedo entender por qué se ha ido, y solo si supiera la razón podría hacer algo para recuperarla –alzó la mirada hacia Najeeb, que se aproximó a él con mirada impasible–. Tengo que detenerla, Najeeb. No puedo vivir sin ella.

–Si no te conociera, te creería. Pero lo sé todo, Mohab, así que deja de actuar. Si Jala ya no es tu mujer, estoy liberado de mi promesa.

–¿Qué promesa?

–La de no ser tu enemigo. Pero ahora vuelvo a serlo, Mohab. Cuando anunciaste vuestro compromiso sabía que la estabas manipulando, pero no pude hacer nada porque Jala sabía perfectamente quién eras. Luego vuestro matrimonio parecía tan real, tan feliz, que ya no supe qué pensar –Najeeb entornó los ojos con expresión de soberbia–. Pero si te ha dejado, has debido hacer de nuevo algo imperdonable, y solo por eso, voy a destruirte.

–¿De qué estás hablando?

–De cómo la engañaste en el pasado. Me hizo prometer que nunca me enfrentaría a ti. Y hasta ahora he respetado esa promesa.

Mohab sacudió la cabeza.

–Sé que tú se lo dijiste y que por eso me dejó. Me lo contó todo la primera noche que volvimos a vernos. Por eso he creído que me había dejado de nuevo por algo que le habías dicho tú –Mohab resopló, desesperado–. Eso… y el temor que he tenido siempre de que vuestros sentimientos iban más allá de la amistad.

Najeeb lo miró con desdén.

–¿Crees que Jala sería capaz de sentir algo por mí e ir a tu cama, traicionándonos a los dos?

–He dicho que era un temor, no una sospecha. Jala es la persona más honesta que conozco.

–Así es. Jala y yo estamos conectados porque compartimos el peor momento de nuestras vidas, y con el tiempo. Pero tal y como le dije a mi padre, nunca hubo nada romántico entre nosotros. Los dos debíais haber creído en mi integridad y haber sabido que, de otra manera, lo habría dicho.

–Por eso me estoy volviendo loco, porque creo en Jala. Y tanto sus palabras como sus actos me habían hecho creer que me había perdonado, y que me amaba incluso si no lo había hecho en el pasado.

–También entonces te amaba. Tanto, que tu engaño la destrozó.

Mohab sacudió la cabeza.

–Me dijo que no me amaba lo bastante como para superar su aversión al compromiso, y que temía perder su independencia. Saber que la había engañado solo fue la gota que colmó el vaso.

–Si es así, te mintió para que no supieras cuánto te amaba y lo que le dolió tu traición.

Mohab miró a Najeeb espantado. Si eso era verdad, había hecho mucho más daño a Jala de lo que nunca había imaginado. ¿Sería esa la razón por la que había estado con él, para vengarse? ¿Se había propuesto enamorarlo tan profundamente como ella lo había estado para luego darle a probar su propio veneno?

No. Jala no era así.

–Cuando le conté la verdad, me mintió, diciendo que no habías conseguido seducirla. Pero poco después supe la verdad, cuando la encontré en una misión de ayuda en Colombia y estaba embarazada.

***

Para cuando Mohab llegó a Judar temió haber perdido la cordura.

Kamal lo recibió y le dijo que lo que hubiera ocurrido le era indiferente, pero que o lo resolvía o lo tendría como enemigo para el resto de su vida.

Mohab le dijo que se pusiera a la cola y fue en busca de Jala.

Al llegar a su dormitorio, la encontró mirando por la ventaba. En cuanto cerró la puerta, Jala dijo:

–Te he dicho que no me contactaras, Mohab, no tengo nada más que decirte.

–Después de que me dejaras me volví loco buscándote –dijo Mohab, dejando brotar toda su angustia–. Ahora sé que no lo conseguí porque hiciste lo posible para esconderte, para que no supiera que estabas embarazada.

–Has ido a ver a Najeeb –dijo Jala en un susurro–. Te equivocas. Desparecí para no causar un escándalo en mi familia.

–¿Qué pasó con nuestro bebé? Creo que lo perdiste y quiero saber cómo.

–En un accidente en Colombia. El conductor murió y yo… perdí al bebé. Estaba embarazada de siete meses.

–¿Y me odiabas tanto como para no decirme que estabas embarazada? ¿Desconfiabas tanto de mí que no pensaste que pudiera querer estar a tu lado en aquel espantoso momento?

Jala exhaló con fuerza.

–Pensaba que no te importaba, así que no creí que quisieras saber que estaba embarazada; y que te habría aliviado saber que lo había perdido.

Mohab cerró los ojos, espantado por el dolor que le había causado a Jala.

–¿Por eso me dejas, porque sigues sin creer que me importas?

–Me he ido porque teníamos un acuerdo.

Mohab la tomó por los hombros y dijo:

–Qué más da ese acuerdo. Solo lo propuse porque no era capaz de enfrentarme a la realidad de que te amo, te venero y te deseo con cada célula de mi ser. No te llevo en el corazón porque eres mi corazón; y sin ti no puedo vivir.

Jala se liberó de sus manos; con el rostro contorsionado y la voz teñida por el llanto, gimió:

–Eso dices ahora, pero tú no eres solo un hombre, sino un rey. Necesitas un heredero y yo no puedo dártelo –ante la mirada de perplejidad de Mohab, Jala aclaró–: El aborto fue tan traumático y en un estado tan avanzado, que los médicos me dijeron que nunca podría tener hijos.

Por fin habían llegado al oscuro secreto que lo explicaba todo.

Mohab se quedó inmóvil mientras Jala estallaba en un llanto inconsolable.

–Yo no quiero un heredero. No he heredado el título, me lo han dado. Y cuando llegue el momento, le cederé el trono a quien lo merezca.

Jala se secó las lágrimas con manos temblorosas.

–Necesitas un heredero. Aliyah me ha dicho

que Hassan no firmará los documentos hasta que la mezcla de las sangres de nuestras familias se materialice en un hijo.

Mohab estalló.

–¡Al infierno con mi tío, Saraya y el tratado de paz! ¡A mí solo me importas tú!

–¡No digas eso! Tus súbditos esperan que les traigas la paz.

–Lo conseguiré a mi manera, y no siguiendo primitivas exigencias tribales. Solo lo usé como una excusa para acercarme a ti.

Jala sacudió la cabeza.

–Aun así, querrás una familia…

–Ya la tengo: tú, yo y nuestros gatos. Y si tú quieres un hijo, pediremos una segunda opinión. Los médicos a veces se equivocan.

–En este caso no, Mohab. Durante estos meses no he usado anticonceptivos para probar, pero ya no tengo ninguna esperanza. Y no puedo consentir que renuncies a tener un hijo.

–Pero yo daría eso y mucho más por ti, *ya habibat hayati* –Mohab tomó el húmedo rostro de Jala entre sus manos. Tenía que convencerla como fuera–. En lo que a mí respecta, ya me has dado un hijo, y lo hemos perdido. Ahora, puedo vivir el luto contigo y compartir tu dolor, como debía haber hecho entonces, y estaremos aún más unidos, para siempre.

–¡No!

Mohab la abrazó. Fuera de sí, comenzó a suplicar una y otra vez:

–La tseebeeni tani, la tseebeeni tani abaddan

«No me dejes otra vez, no me dejes otra vez».

Nunca pensó que le vería llorar, no estaba preparada para soportar verle sufrir. Pero tenía que mantenerse firme. Cuando se le pasara la emoción y se le aclarara la mente, Mohab sabría que era lo mejor. Antes o después querría un hijo propio, y acabaría por sentir rencor hacia ella si se convertía en el obstáculo para conseguirlo.

Se soltó de su abrazo y, secándose las lágrimas, dijo:

–Nunca creí que me amaras tanto como yo a ti, Mohab. Por favor, créeme, nunca pensé que te haría daño. Pero al darme cuenta de que me amas, he preferido causarte un daño temporal que hacerte daño para toda la vida. En un tiempo, te habrás olvidado de mí.

Mohab gimió como si lo hubiera apuñalado.

–¿Cómo voy a olvidarte si no lo he hecho cuando creía que no me amabas?

–Tú no tuviste nada que ver con el accidente. Me niego a que te sientas culpable.

–Lo soy de que dejaras de creer en mí e incluso en ti misma. Todo lo que pasó a partir de ese momento es mi culpa: soy responsable.

Jala se pasó las manos por la cara frenéticamente.

–Yo también te culpé un tiempo, pero me equivoqué. Si alguien es culpable, soy yo. No te di la oportunidad de defenderte; quise privarte de tu hijo. Merezco lo que me ha…

–Tú has sido una víctima en todo esto; mi víctima.

En ese punto, Jala sollozó con tal pesadumbre

que fue deslizándose hacia el suelo. Miró desde allí a Mohab y con un tono que le rompió el corazón, suplicó:

–Si me amas, Mohab, deja que te libere. No te estoy dejando, te suplico que me dejes darte la libertad.

Mohab dejó a Jala, pero solo para planear cómo recuperarla.

Convocó una reunión con todos los implicados, su tío, Najeeb, y la familia de Jala. Jala también acudió.

Mohab entró y empezó a hablar de inmediato. Explicó todo lo sucedido y por lo que Jala había pasado. Percibiendo la ira de los hermanos de esta, continuó:

–Sabed que estoy dispuesto a aceptar cualquier castigo que queráis infligirme. Pero esa no es la razón por la que os he convocado, sino para deciros que, pase lo que pase, solo la muerte podrá separarme de ella.

Su tío se puso en pie.

–Como debe ser. Solo accedí al tratado y al matrimonio…

–Cállate, tío –la orden de Mohab hizo que el rey Hassan se sentara al instante–. Tú no accediste a nada. Yo he evitado que hicieras el ridículo. Pero si causas problemas, o no firmas el acuerdo, seré yo quien te declare la guerra.

–No tienes ejército –dijo su tío con desdén.

–Puedo reunir uno sin dificultad. Jareer es

ahora muy importante y muchos países harían cualquier cosa por poseerlo. Así que, se acabó, tío. Acepta mi clemencia y no vuelvas a hablar mas que para corroborar tu deseo de paz.

Su tío lo miró atónito. Najeeb, aunque miró a su padre con lástima, pareció aprobar plenamente lo que Mohab había dicho. Pero a este, tanto uno como otro le daban lo mismo.

Se volvió hacia la familia de Jala.

–Mi felicidad, mi honor y todas mis esperanzas residen en conseguir la felicidad de Jala. Si quiere intentar tener hijos, lo intentaremos; si quiere adoptar…

–¡No puedes adoptar! –intervino su tío de nuevo–. ¡La ley de nuestro país lo prohíbe!

–Tío, es la última vez que te advierto. Adoptaremos a tantos hijos como Jala quiera. Renunciaré al trono y a mis dos nacionalidades, y adoptaré la que haga falta para satisfacer los deseos de Jala –fue hasta Jala, que no dejaba de llorar, y se arrodilló ante ella–. Jala, eres mi vida, lo único que necesito eres tú y tu amor. Solo querría un hijo si fuera para reforzar nuestra unión; nada me importa, ni el trono, ni mi patria, ni mi vida, si no te tengo.

Kamal se puso en pie súbitamente.

–Esto no es ni para nuestros ojos ni para nuestros oídos. Todo el mundo fuera –ordenó con voz firme.

Todos los presentes obedecieron y, con la excepción de su tío, dedicaron miradas de complicidad y aprobación a Mohab. Kamal incluso le estrechó el hombro afectuosamente. Luego se inclinó para besar a Jala y le susurró:

–Sé reconocer a un hombre dispuesto a morir por su mujer. Tienes ante ti un espécimen de esa rara especie, tal y como tú mereces. Recupéralo y quédatelo para el resto de tu vida –irguiéndose, le guiñó un ojo.

Jala rompió en una carcajada. Mohab sonrió y, abrazándola, dijo:

–¡Cómo he echado de menos tu risa!

Jala se refugió en su abrazo entre el llanto y la risa, hasta que Mohab la besó y terminó calmándola. Luego, le tomó el rostro entre las manos y la miró fijamente a los ojos.

–He estado tan desesperado por ti, que en todos estos años no ha habido ninguna otra mujer para mí.

Jala lo miró atónita.

–¿Quieres decir...?

–Quiero decir que, igual que tú no has tenido ningún otro hombre, yo no he tenido otra mujer. Soy tuyo. ¿Tendrás compasión de mí, me aceptarás y esta vez te quedarás conmigo para siempre?

Jala sintió se abrazó a Mohab con toda su fuerza, hasta casi hacerse daño.

–Nunca he querido dejarte. Solo quiero que tengas todo lo que necesitas y mereces.

–Es decir, a ti y a ti –dijo al mismo tiempo que le besaba un ojo y luego el otro.

–¡Te amo desde hace tanto tiempo!

Mohab la bombardeó a besos.

–¡Por fin te lo oigo decir!

Jala volvió a reír.

–Te lo dije mil veces en el pasado

–Pero para compensar, luego me has dejado una sequía de seis años.

–Sabiendo que debía marcharme, no podía decirte que te amaba. Además, tampoco era apropiado para describir lo que sentía desde que nos casamos. *Ahwak wa abghak wa aashagak, ya roh galbi.*

Los ojos a Mohab se le iluminaron al oírle confesar que sentía por él más que amor, adoración o veneración, todo lo que uno pudiera sentir con su cuerpo, su corazón y su alma.

Jala se puso de puntillas para secarle con los labios las lágrimas que se había jurado no volver a causar. Luego expresó el único temor que le quedaba.

–Solo me da miedo que…

Mohab no le dejó continuar.

–¿Que esté hablando llevado por la pasión? ¿Que temes que cambie de idea? Si diez años no te demuestran que nací para amarte, que eres lo que necesito para ser feliz, exijo un examen para demostrártelo: los próximos cincuenta años.

Y Jala sucumbió a su amor, a la felicidad de una vida juntos, pasara lo que pasara.

–Serán todos tuyos; como yo lo soy y siempre lo he sido. Como siempre lo seré.